U0028796

哥布林殺手

GOBLIN SLAYER!

He does not let anyone roll the dice.

哥布林殺手

GOBLIN SLAYER!

He does not let anyone roll the dice.

13
蝸牛くも
Kumo Kagyu
插畫／神奈月昇
哥布林殺手
GOBLIN SLAYER!

© Noboru Kannatuki

哥布林殺手

人物介紹

CHARACTER PROFILE

女神官 Priestess

與哥布林殺手組隊的少女。因心地善良，常被哥布林殺手魯莽的行動耍得團團轉。

——換言之，我等於是對他們而言的哥布林。

哥布林殺手 Goblin Slayer

在邊境小鎮活動的怪人冒險者。單靠討伐哥布林就升上銀等（位列第三階）的罕見存在。

櫃檯小姐 Guild Girl

在冒險者公會工作的女性。總是被率先擊退哥布林的哥布林殺手所助。

——無論何時，對她而言最重要的，都是天氣、家畜、農作物，還有他。

牧牛妹 Cow Girl

在哥布林殺手所寄宿的牧場工作的少女。也是哥布林殺手的青梅竹馬。

——無知的人才有福。因為知道就是極致的喜悅。『妖精格言』

妖精弓手 High Elf Archer

與哥布林殺手一起冒險的妖精少女。擔任獵兵（Ranger）職務的神射手。

© Noboru Kannatuki

「鍛鍊自己，揮刀屠戮。會出血的就不是敵手。」——鋼的祕密之一端

重戰士 Heavy Warrior

隸屬於邊境之鎮冒險者公會的銀等級冒險者。和女騎士等人一同組成邊境最棒的團隊。

——龍是不會逃避的。

蜥蜴僧侶 Lizard Priest

與哥布林殺手一起冒險的蜥蜴人僧侶。

——無論寶石還是金屬，琢磨前都是石塊。這世上沒有一個礦人，會用外表來判斷事物。

礦人道士 Dwarf Shaman

與哥布林殺手一起冒險的礦人術師。

「愛並非對望，而是並肩望向同一個去處。」——某位詩人

劍之聖女 Sword Maiden

水之都的至高神神殿大主教，同時也是過去和魔神王一戰的金等級冒險者。

我不想讓值得尊敬的敵手，變成明天的朋友。至少今天還不行。

長槍手 Lancer

隸屬邊境小鎮冒險者公會的銀等級冒險者。

——神祕與愛，愈透過舌尖編織就愈鬆散，更不用說是女性之美了。

魔女 Sorceress

隸屬邊境小鎮冒險者公會的銀等級冒險者。

一週的第一天是魔法師
隔天是武道家
第三天是龍騎兵（Dragoon）
第四天拿起弓箭
第五天騎上馬背
第六天擔任斥候於黑暗中狂奔
一週的最後一天是自由騎士
期間抽空創造迷宮
設置陷阱放置怪物
摩拳擦掌翹首盼望
接下來的一千的五次方年都是如此度過
此乃熟悉冒險的第一步

第1章『想成為冒險者』

Goblin Slayer

He does not let anyone roll the dice.

「GOOOROGGB!?」

短劍無聲劃破黑暗，小鬼發出含糊不清的哀號聲向後倒下。

死前的慘叫於洞窟內迴盪，哥布林們隨之嚷嚷起來。

——這種騷動，如今也徹底習慣囉。

「——……！」

礦人(Dwarf)道士謹慎地瞪著黑暗，內心卻浮現悠哉的想法。

這時，裝備骯髒皮甲、廉價鐵盔的冒險者已經飛奔而出，如同一支射出去的箭。

「太慢了！！」

一支銀箭從他頭上飛過。不，是三支。

「GBOOBB!?」

「GOBBG!?GORBG!?」

「GRBBGORG!?」

箭矢射向連礦人(Dwarf)都看不清的山洞深處，從那裡傳來的悲鳴也是三聲。

上森人(High Elf)一拿起弓箭，可以說沒人能從她手下逃離。

「哼哼……！」

妖精弓手(Elf)回頭看了一眼，得意地挺起平坦的胸膛。

她帶著有如志得意滿的孩童的表情，晃動長耳，礦人道士以簡短的咂舌聲回應。

——就是因為她總是莫名驕傲，才讓人不想老實地稱讚她。

從小鬼屍體手中拿走武器的小鬼殺手，接著殺向前方。

二、三——光聽他計算的聲音，加起來就超過六隻了，這群哥布林似乎有十隻以上……不過。

「這點規模的巢穴，好像輪不到咱們出手啊，長鱗片的。」

「傷腦筋吶。」

身旁巨大的身軀絕對沒有放鬆戒心，語氣卻從容不迫。

蜥蜴僧侶(Lizardman)用誇張的動作抖動身體，搖晃長脖子。

「冬季將近，若不盡量活動身子，貧僧會忍不住打起瞌睡。」

這是玩笑話還是真心話，連與他相處多年的礦人道士都無法辨別。

因為蜥蜴人(Lizardman)是能不眠不休地戰鬥的種族，怕冷也是事實。

——但這傢伙之前才開玩笑說自己是恆溫動物咧。

不，等一下。可是老鼠也會冬眠……

「不過，能節省神蹟是件好事……」

侍奉地母神的少女露出參雜各種情緒的微笑，大概是同樣無法分辨他是不是認真的。

置身於黑暗的洞窟中，看得出她在緊張，卻沒有表現出害怕的態度。

雙手握緊錫杖，戒備周遭的模樣，還挺有架勢的。

仔細一想，他們從她還是白瓷等級的時候就認識了，她真的成長了不少。

——凡人的步伐(strider)真大。

雖說不及森人(Elf)，身為長壽的種族，有時會覺得有點耀眼。

女神官好像感覺到了他的視線，臉旁邊冒出一個問號，微微歪頭。

「那個，請問怎麼了嗎？」

「沒事。」礦人道士哈哈大笑。「閒得發慌罷了。」

他拿起掛在腰間的火酒灌下一大口。明明正在潛入小鬼的巢穴，過得倒是挺愜意的。

——哎，也不能太超過。

礦人道士把手放在洞窟裡的岩石間，吶喊道：

「喔，嚙切丸。這裡有個橫穴！」

「唔……！」

前衛很快就做出反應。

「交給妳了。」

「咦，喂!?啊啊，真是的……！」

小鬼殺手用粗糙的斧頭砍斷不知道是第幾隻小鬼的脖子，立刻衝過來。

不出所料，被迫獨自擔任前衛的妖精弓手大聲抗議，小鬼殺手卻置若罔聞。

該視為信賴的表現，還是他對此並不在乎呢——算了，就當成前者吧。

礦人道士捻著鬍鬚。這個戴鐵盔的年輕人，性格真的乖僻，不過。

「就是因為覺得妳靠得住，才會放心拜託妳啊。」

「橫穴嗎？是否有小鬼。」

「不知道。」

哥布林殺手將手中的火把伸進洞中。

火光照亮的與其說是洞穴，更接近龜裂處、裂縫。

人類想通過十分困難，但小鬼肯定能輕易鑽過去。

「啊，這是……」

比哥布林殺手更快發現那個東西的，是女神官。

岩石間卡著一塊破布，是被撕裂的，上面有著暗紅色的汙漬。

她輕輕撿起那塊布，面色凝重地注視它。

哥布林殺手低聲沉吟。

「這應該不是有人被擄走的委託。」

而是典型（Template）的冒險。

村莊附近有小鬼出沒。雖然沒有造成損失，拜託盡快想點辦法。

因為萬一那些魯莽的年輕人跑去攻擊小鬼，刺激到他們，可能會害事情變得更麻煩。

聽起來很合理，實際上小鬼的數量也不怎麼多。

沒有用新手冒險者會蜂擁而至的簡單冒險，來騙人接下委託。

這原本並不是四名銀等級、一名藍寶石等級的團隊（Party）會接下的工作，不過……

——畢竟是嚙切丸嘛。

特地陪他處理這件委託，我們人也夠好的了。礦人道士點點頭。

「八成是巡禮者、吟遊詩人或叫賣的。不得不獨自旅行的人很多吧。」

「那裡面……？」

沒有任何人嗎？哥布林殺手搖頭回答女神官的問題。

「什麼都沒有。」

「只有哥布林，現在只有屍體！啊啊，討厭啦！」

接著，妖精弓手連續射出好幾支箭後跑了過來，憤慨地說。

她用言語及態度表示不滿，對哥布林殺手來說卻毫無意義。

「有幾隻？」

「只有你會一隻隻計算數量。」

「是嗎？」

看見他點了下頭，上森人十分優雅地哼了聲。

「所以要進去嗎？」

她以輕盈的動作窺探裂縫深處。

地底下是礦人的領域，她的動作卻熟練得不輸給資深的礦人礦工。

神代生物的後裔真了不得。

——如果有一堆上古礦人(Higher Dwarf)，情況是不是就不一樣了？

礦人道士把一口酒含在口中，從妖精弓手旁邊確認洞內的情況。

「我看最好小心點。」

他遵照自己所說的話，小心慎重地撫摸岩石，將碎掉的小石頭拿在手中把玩。

「岩石變得挺脆的，一個不小心就會崩塌。」

「既然如此，看來貧僧最好留在這，確保入口暢通。」

「多做點體操啦。」

蜥蜴僧侶嚴肅地點頭，妖精弓手用手肘輕輕頂了下他的側腹，笑出聲來。

她眼中亮起淘氣的光芒，望向礦人道士。

「礦人感覺就會卡住，你要不要也在外面等？」

「囉嗦，只有妳可以輕輕鬆鬆鑽進去吧，臭鐵砧。」

女神官在背後羞愧地扭動身軀，礦人道士卻無視她的反應，唾罵道。

礦人和森人長年以來都是會鬥嘴的好夥伴。要他們別吵架好好相處，反而怪彆扭的。

「我想避免手上有拿東西。」

哥布林殺手對兩人的對話毫不關心，一如往常，冷靜地咕噥道。

他將手中的火把扔到地上，甩了下空出來的手，對女神官打信號。

「『聖光（Holy Light）』對吧。」

她也立刻心領神會地回答，點了下頭。真的相當熟練。

女神官雙手穩穩拿起錫杖，高聲向地母神朗誦聖句。

「『慈悲為懷的地母神呀，請將神聖的光輝，賜予在黑暗中迷途的我等』！」

——下一刻，慘叫聲響起。

醜惡的怪物們，在白光照亮的裂縫深處蠢蠢欲動。
是以骯髒破布為衣的綠皮膚小鬼（Green Skin）。
他們舉起手臂遮住混濁的黃眼，被眩目的白光刺得在地上打滾。
「GOORGB!?」
「GOBORG!?GOOROG!?」
「八，沒弓手，沒術師。上！」
「就跟你說你太急了……！」
話才剛說完，哥布林殺手就跳進裂縫，妖精弓手緊追在後。
慢半拍的礦人戰士從腰間拔出手斧，咚咚咚地跟著兩人跳進去。
「真是，我可是術師啊……！」
儘管如此，既然蜥蜴僧侶要留在後頭，他只得擔下前衛的職責。
礦人道士背對著女神官高高舉起的聖光，一個勁兒地揮動手斧。
雖然他不認為跑在前頭的兩人會放小鬼逃掉，要是小鬼跑到這邊就麻煩了。
眼前是在衝上前的同時扔出斧頭的哥布林殺手。
斧頭在空中劃出無數個圓圈，像在劈柴似地擊碎小鬼的腦袋。
「GBBGBO!?」
「——……！」

「二、三！！」

明明身處在密閉空間，妖精弓手卻靈活地拉緊大弓，射出三支箭。

樹芽箭描繪出漩渦，從洞窟的石筍之間穿過去，接連命中哥布林。

「GOBGR⁉」

「GGO⁉GOBOGR⁉」

——看來沒我出場的份囉。

小鬼殺手就這樣跟敵人拉近距離，進入白刃戰，礦人道士聽著兵器的碰撞聲瞇起眼睛。

在密閉空間對付約十隻的哥布林，嗯，用不著花太多力氣。

他大可判斷我方必定獲勝，袖手旁觀，然而冒險者有冒險者的尊嚴。

冒著危險才叫冒險。

世上的怪物中，哥布林算特別好處理的，不過就算這樣——

——啊？

礦人道士忽然覺得不對勁，瞪大眼睛。

有個疑似被一大群哥布林蹂躪過的人形物體。

這部分沒什麼問題。興趣惡劣，令人作嘔，但這也沒辦法。

他注意到的是跟剛才不同，被燦爛白光照亮的小鬼們。

手臂粗，骨架也很穩。塊頭稱不上大，不過——

——長得很胖？

沒錯。

一副吃得好、睡得好、玩得好的樣子。

類似之前在沙漠要塞遇到的哥布林，究竟是……

——是沒能成為大哥布林的傢伙嗎？

四方世界中，沒人會認真研究哥布林。

不如說，在眼前屠殺小鬼的嚙切丸搞不好就是無人能及的行家。

從哥布林到大哥布林的變化，礦人道士無從得知。

就算知道原因，結果還不是一樣該殺。不重要。

——若是小龍長成成龍的過程也就罷了。

無論如何，現在剛好幸運地滾過來的小鬼，他只需要抬起手斧一揮，就能擊碎他的頭蓋骨。

「GROGB!?」

再說一遍，沒必要為一隻隻小鬼制定詳細的對策。

「嗯，這邊應付得來。」

「謝了。」

他的回答依然只有短短一句話。妖精弓手不曉得在嚷嚷什麼，總之看來是不需要幫助。

早已見怪不怪的礦人道士聳了下肩膀，與女神官四目相交，哈哈大笑。

之後又傳來幾聲響徹洞窟的哥布林哀號，戰鬥便劃下句點。

「貧僧果然進不去。」

蜥蜴僧侶將長脖子塞進裂縫，遺憾地說。女神官靜靜從他的頭部底下鑽過去。

雖然已經習慣做這種事，她還是「哇」了一聲，慎重移動，以免被岩石絆倒。

該說她貼心還是眼明手快呢，她的小手中，不知何時多了一根火把。

搖來晃去的橙色火光照亮的畫面——只能以慘不忍睹形容。

「……好過分。」

那是只能用「被當成玩具玩弄」來形容的悽慘狀態，顯然沒了呼吸。

同時也一眼就看得出，那人斷氣後八成還是繼續遭到蹂躪。

只要有手腳，有兩、三個洞，再加上一把胡琴（Lute），多少殘酷的行為都做得出來。

女神官默默跪在可憐的少女旁邊，為她合上勉強留有原形的眼睛。

她雙手交握，向地母神祈禱亡者的安眠。不只是為這名少女，也是為死去的小鬼。

除了出於憐憫和慈悲外——也是因為萬一他們變成亡者在外徘徊就麻煩了。

不，這名少女的話，搞不好會覺得死了就能解脫也說不定……

「剿滅哥布林每次都會遇到這種事，就是因為這樣我才討厭。」

「是嗎？」

聽見他的回答，抱著胳膊靠在牆邊的妖精弓手不悅地哼氣。

「下次要去其他地方冒險。好玩又緊張刺激的那種！」

「是嗎？」

「對！」

即使她的語氣十分不耐，哥布林殺手還是規規矩矩地點頭回應。

只要開口邀約，妖精弓手說的冒險，他應該也會願意陪同。

跟這個團隊(Party)剛結成的時候比起來，剿滅哥布林以外的冒險也增加了。

「不過，只要有嚙切丸在，就很容易遇到哥布林。」

「真的。唉，頭好痛。」

妖精弓手嘴上在抱怨，喉間卻發出輕快的笑聲。

「所以？後面還有路嗎？」

「哎，別急。」礦人道士簡短說道，定睛凝視黑暗深處。「我現在確認。」

就在這時。

礦人道士很快就對落在禿頭上的塵土做出反應。

他用異常嚴肅的眼神左右張望，立刻回頭叫道：

「快出去！要塌了！！」

「唔……！」

「啊!?」

「哇!?」

接著掌握狀況的，是哥布林殺手。

他扔掉柴刀，抱住女神官，用力抓住妖精弓手的腰帶，飛奔而出。

他無視兩人的尖叫及抗議，接著呼喚礦人道士。

「那邊就交給你了！」

「行！」

礦人道士一口答應，扛起可悲少女的亡骸。

跟小鬼沉睡在同一個洞窟，怎麼說都不可能得到安息。

他咚咚咚地奔跑著，哥布林殺手已經逃到了裂縫外。

「怎麼了嗎？」

「好像要塌了。」

「竟然！」

蜥蜴僧侶大喊時，從洞頂掉下來的泥土及小石子已經下成一場小雨。

和雨水不同，紛紛落下的碎石還會帶來物理上的衝擊，事態非同小可。

蜥蜴僧侶用尾巴纏住總算爬出來的礦人道士，直線奔往洞窟的出口。

「那個……我不會有意見，可是……」

女神官似乎對這個抱法放棄掙扎，任由哥布林殺手抱著，嘆了口氣。

「喂，放我下來……！我可以自己跑！」

「別吵，會害洞窟崩塌得更厲害！！」

看他還能對嚷嚷著抗議的妖精弓手大喝一聲，礦人道士似乎也還有多餘的力氣。

被蜥蜴僧侶用尾巴纏著搬運的他，將手掌對著上方。

「『土精(Gnome)唷土精，放下桶子，慢慢放唷慢慢放』！」

聽見他高聲朗誦的咒文，目不可視的小人們伸出了援手。

礦人道士感覺到小人抬起洞頂的觸感，點點頭。

「快點！撐不了太久！」

實際上，他的判斷沒錯。

「看見出口了！」

女神官大叫，洞窟外面是已經日落的昏暗森林。

冬季天黑得很快，迎接一行人的，是夜晚寒冷的空氣及繁星、雙月的光芒。

「這種時候，如果能衝進太陽的白光中……就更理想了。」

哥布林殺手終於放開妖精弓手的腰，她像隻貓一樣降落於地面。

然後抖了下身子——

「唔，哇!?」

背後傳來令她反射性摀住長耳的巨響，小鬼當成巢穴的洞窟崩塌了。

飛揚的塵土遮蔽視線，女神官忍不住咳嗽。

礦人道士謹慎地把手放在腰間的觸媒袋上，哥布林殺手亦然。

他從固定在鎧甲縫隙間的劍鞘中拔出短劍，小心地瞪著洞窟的方向。

塵土散去後——便能得知巨響是來自洞窟所在的方位。

哥布林殺手深深吁出一口氣。

「埋起來了嗎？」

「是啊。」

礦人道士將背上的少女亡骸輕輕放到地面。

——真是，別讓術師幹粗活啊。

他腦中浮現這句玩笑話，不過沒辦法，這也算是在助人。

人遲早會死，但應該不會有人希望自己連死後都在給人添麻煩。

死者的心情也該顧慮到。

「……不好意思。」

「沒什麼，別在意。」

礦人道士灌了一大口火酒，回答女神官。晚上喝的酒果然美味。

女神官蹲下來，讓少女握住被砸壞的樂器殘骸。

同時從她口中傳出的呢喃，是出於不安、悲傷，還是除此之外的情緒？

儘管不知道這麼做是否能慰藉亡者，蜥蜴僧侶也在她旁邊以奇怪的手勢合掌。

「有兩位聖職者為她送行，總不會變成亡者了吧。」

「靈魂將歷經天地循環，回歸圓環之中。終有一日，或許還有可能化為龍的血肉。」

「……是。」

聽見兩人的安慰，女神官輕輕點頭。

「委託完成了嗎……？」

「唔。」

哥布林殺手以不確定的語氣低聲沉吟。

「不好說。」

他咕噥道，慢慢搖頭。彷彿連他自己都不相信。

「解決了哥布林。毀了巢穴。拯救了死去之人的靈魂。算成功吧。」

看他的反應如此模稜兩可，妖精弓手嘛起嘴巴。

「哎，雖然沒有其他收穫，我不太滿意——」

「啊，有的……」

女神官拍了下手，搜起掛在肩上的包袱。

「有什麼東西嗎？」

「我找到一個袋子。是在跑來跑去的途中發現的，所以我沒確認內容物……」

她拿出一個快要腐朽，卻看得出以前應該是高級貨的舊皮袋。

「我看看？」妖精弓手探頭窺探，裡面裝著閃閃發亮的物體。

儘管只有小小一顆，有藍寶石(Sapphire)、綠寶石(Emerald)，以及……

「喔喔，是金剛石(Diamond)……！」

蜥蜴僧侶轉動眼珠子，點了下頭，可能是因為他是蜥蜴人，或是種族與龍相近。

他用長指甲拎起那顆寶石，依序傳給每位團隊(Party)成員，最後落到礦人道士手中。

肥胖的手指將它夾起來拿到月光下，寶石便綻放璀璨的光澤，推測是由技術高明的工匠研磨的。

「有點小顆啊。全部加起來八成也賣不了太多錢。」

「哥布林也沒發現呢。那些傢伙真的要看見財寶才會注意到。」

妖精弓手愉悅地搖晃長耳，旁邊的女神官面帶笑容，拿出老舊的羊皮紙。

「看，裡面還有卷軸……！」

「哦。」

哥布林殺手對此表現出興趣。

他從女神官手中接過那捆用神祕繩結綁好的羊皮紙，仔細觀察。

當然，他沒有「鑑定」的權能，也不懂得相關知識，無法分辨封印在其中的是哪種法術。

只不過，對哥布林殺手來說，這樣應該就足以讓他滿足。

「好。」

他點頭說道，好好將卷軸收進雜物袋，輕拍了一下，彷彿在確認沒有問題。

光憑這細微的動作，就能傳達出這個性格古怪的冒險者的心情。

看見兩位女性臉上浮現微笑，礦人道士緩緩捻鬚。

——哎，有這種反應很正常。

特地跑來剿滅哥布林，最後竟然一無所獲，又有誰能接受呢。

礦人道士大口喝下火酒，轉換好心情後點頭說道「是啊」。

若是礦人在地下建造的金碧輝煌的城塞，抑或闇人（Dark Elf）的都市也就算了——

「潛入哥布林的巢穴，心情自然會不好，也會有奇怪的想法。」

語畢，他拍了下哥布林殺手的背。

哥布林殺手沉默片刻，簡短回答「是啊」。

冒險者們以這句話為信號，檢查各自的狀態，漫步踏上歸途。

回到村莊，將亡骸交給村長，哥布林殺手付了金幣請村長幫忙埋葬她。

隔天早上在女神官的指揮下舉辦葬禮，接著冒險者們便回到鎮上。

再平凡不過的剿滅哥布林委託。

也就是說——這場冒險就這麼簡單。

第2章 『迷宮支配者的指引』

Dungeon Master's Guide

「我們想舉辦迷宮探險競技！」

聽見櫃檯小姐激動說出的建議，五人的反應各不相同。

女神官眨眨眼睛，妖精(Elf)弓手當場愣住，礦人(Dwarf)道士拿起酒喝，蜥蜴(Lizardman)僧侶轉動眼珠子。

至於哥布林殺手，他點頭簡短回了句「是嗎」。

「迷宮探險競技是？」

上午明媚的陽光，照進冒險者公會二樓的會客室。

現在，有六個人聚集在這個裝飾著怪物頭骨、遺跡產物等知名冒險者的戰利品(Trophy)的空間中。

是櫃檯小姐和她找來的五位冒險者——小鬼殺手及其同伴。

團隊(Party)中唯一一個神情緊張的人是女神官，忽然露出懷念的笑容。

不，用懷念形容有語病。至少當時她不在這個房間。

數年前的春天——準備前往化為食人鬼據點的遺跡時，他們聚在這裡討論過。

哥布林殺手做為剿滅小鬼的專家受到邀請，她則尷尬地站在樓下等待。

同期的朋友找她聊天，冒險者前輩魔女開導她，她獨自在那邊整理心情。

所以嚴格來說，夥伴們召開了什麼樣的會議決定那場冒險，她並不知道。

不過，現在的團隊(Party)結成的契機，無疑是在那一天、那個時候的這個場所。

——如今我也在場。

儘管自己還不夠成熟，身在此處的事實令她雀躍不已。

她努力繃緊快要忍不住上揚的嘴角，妖精弓手瞄了她一眼。

上森人(High Elf)美麗的眼睛彷彿看透了她幼稚的感情，女神官別過頭。

因此，她沒發現這位年紀相差甚遠的重要友人，露出了貓一般的笑容。

雖然她其實有猜到，她八成帶著那種表情。

「不知道還回答人家『是嗎』不太好吧——」

妖精弓手銀鈴般的笑聲中，參雜調侃、無奈及習慣。

礦人道士理所當然回以嘲諷，事到如今女神官也不會驚慌了。

「那妳又知道了？」

「知道啊——我想一下喔。」

他們會跟平常一樣鬥起嘴來，蜥蜴僧侶在一旁勸架，然後開始說明。

她笑咪咪地旁觀，哥布林殺手則始終保持沉默，彷彿這件事與他無關——

「那妳來說明！」

「咦，啊，我、我嗎!?」

所以，這對她來說完全是出乎意料（Ambush）。

妖精弓手以敏捷得嚇人的動作拍了下她的肩膀，女神官發出錯愕的驚呼聲。

無處可逃。她清楚感覺到夥伴們和櫃檯小姐的視線落在纖細的身軀上。

女神官勉強忍住不要鼓起臉頰。那樣太過幼稚。

也不能抱怨。她不希望大家覺得自己像個鬧脾氣的孩子。

現在，自己跟銀等級的冒險者一起被請到冒險者公會的會客室，是他們的同伴。

——得拿出與這個身分相襯的態度！

她在內心握拳，告訴自己講話要乾脆俐落。

「是十幾年前的戰爭時，包含至高神大主教（Archbishop）在內的六英雄的逸事——對吧。」

由於各式各樣的詩歌及傳說混雜在一起，真相不得而知。

是與邪惡冒險者的戰鬥，不，是與友人切磋琢磨的一環，抑或是——

知曉一切的只有那幾位當事人，唯有一件事可以確定。

冒險者在比賽誰能最先攻略迷宮，拿探索迷宮當成一種競爭手段。

「是的，沒有錯。」

櫃檯小姐微笑著點頭時，她不禁鬆了口氣。

這個反應儼然是回答神官長問題的侍祭（Acolyte），令她緊抿雙唇。

太孩子氣了。

——不曉得她有沒有發現？

「可是，聽說那其實是更久以前就存在的競技喔？」

但櫃檯小姐的表情看不出那個跡象，女神官回問「這樣呀？」。

更久以前的事，地母神的寺院並沒有教。大概是歷史或神話那類的。

「貧僧也略有耳聞。」

蜥蜴僧侶用鉤爪敲著下巴，悠閒地說道。

身材魁梧的他站在窗邊，或許是因為與其坐有靠背的椅子，站著還比較輕鬆。

不，比起尾巴會被椅背卡住，搞不好只是因為晒太陽很舒服。

「……哎呀，好像是在某座城市舉辦的。」

感覺到女神官懷疑的視線，他像在辯解般，揮了下手後才回答。

「據聞是在惡名昭彰、布滿致命陷阱的地下迷宮舉辦的新活動，此話當真？」

「聽說幾乎跟賭博差不多了。」

「畢竟能炒熱氣氛，感覺又有賺頭。」

「我不否認其中有營利要素，但我認為那是正規的競技。」

櫃檯小姐斬釘截鐵地回答礦人道士。臉上掛著裝出來的笑容。

當然是因為他們認識得夠久，櫃檯小姐又表現得很明顯，才看得出來。

她發出可愛的清嗓聲，收起剛才的表情，接著說道：

「初春新人會變多，在那之前，我們想讓立志當冒險者的人先體驗冒險的過程。」

「訓練所不就是為此而蓋的？」

妖精弓手豎起手指說。

「前陣子才蓋好的吧。」

「森人(Elf)可能沒什麼概念，那是兩年前左右的事囉。」

哦。連那漠不關心的回應，出自上森人口中都會顯得優雅，真不可思議。

「訓練所是給成為冒險者的人利用的設施，更重要的問題在於，大家不覺得有必要訓練。」

櫃檯小姐腦中浮現那個雖說順利啟用了，卻還沒有上軌道的設施。

世上重視訓練及學習的人，比想像中還少。

去了訓練場又能完全理解訓練內容的人則更少。

——雖然也有人覺得最初的訓練(Tutorial)這樣就夠了。

「算是一種分類囉？」

「希望能讓大家先做好一個心理準備啦……目前還只是測試階段。」

——更重要的是，入冬前辦一場祭典能帶來歡笑。

冬日漫漫。就算冒險者有很多事可以忙，準備過冬的人可是很無聊的。

聊著祭典時發生了哪些事，懷著春天要去當冒險者的期待。

在等待冬天結束的期間，應該能為他們的日常生活帶來溫暖。

雖然無知的新手冒險者一詞，刺在了女神官平坦的胸膛上。

「所以，跟我有什麼關係。」

哥布林殺手冷淡的聲音，令她的感傷轉為苦笑。

這句話太過簡潔，容易招人誤解，但他八成沒有他意。

「我說。」

女神官豎起食指，噘起嘴巴，一字一句細心地告訴他。

「那樣講話不太好。」

「是嗎？」

「很多事不講清楚，人家就聽不懂。」

「唔。」

哥布林殺手在鐵盔底下咕噥一聲。

「不過，就我看來，至少這件事和剿滅哥布林無關。」

女神官嘆氣。妖精弓手無奈地仰頭，剩下兩個人嘴角上揚。

櫃檯小姐明白地對這兩、三年來一直共同行動的幾位冒險者說：

「之前我不是說過，今年冬至的祭典要麻煩您幫忙嗎？」

您忘記了？她的身體微微前傾，抬起視線對他投以帶有怨氣的目光。

「對。」哥布林殺手點頭。「記得。」

「就是這件事。」

「就是這件事嗎？」

「是的。」

櫃檯小姐再次重複。

看起來像在鬧脾氣，像在責備他，也像在調侃他。

她的表情，在正面意義上融合了少女及女性的氣質。

——這個人也會有這種舉動呀。

女神官有點高興。她是她崇拜的美麗大人之一。

那樣的女性也有可愛的一面，她覺得心情飄飄然的。

「既然是針對冒險者志願者和低階冒險者的企劃，還是得請人監督才行。」

「我嗎？」

「是的。」

櫃檯小姐微微一笑。正確地說是「你們」，算了，這不重要。

「要不要當當看迷宮之主（Dungeon Master）？」

§

過冬需要做許多準備，十分忙碌，不過快到冬至時就另當別論了。

因為人們會以冬至為分界線過冬，閉門不出，這個時期還在慌慌張張可不行。

儘管如此，還是有很多地方要注意，她便跟舅舅一起到倉庫檢查。

「香腸那些看起來沒問題。」

「培根也是。」舅舅拭去額頭的汗水，深深吐氣。「希望沒問題。」

在農耕、畜產方面，無論何時都沒辦法斷言絕對不會發生意外。

全看地母神的慈悲、老天爺的臉色、諸神骰出的點數。

去年冬天很長，要是今年也這樣就傷腦筋了。

豬那類的家畜，放著不管一年就會長到適合吃的大小，但牛照顧起來可費事了。

而且用來養豬的樹果數量不足的話，一樣很麻煩。

養不活牛和豬，會直接影響他們的生活。

即使設法撐過去——不管是想恢復原本的生活，還是邁向下一個階段，肯定都會變得更加困難。

——酒也順利獻給神明了，但願平安。

沒直接參與其中的人，對於夏末到秋初發生的事件僅有這點程度的認知。

哎呀，不過，之前有人說要幫自己介紹對象什麼的，就先不提了。

「唔……」

思及此，臉就紅了起來。牧牛妹搖搖頭。

她的目光左右游移，彷彿在逃避什麼，最後落在倉庫天花板的梁柱上。

「雪會下多大呢。」

「不知道。希望不要大到把屋頂壓垮……」

該在那之前補強嗎？

舅舅皺眉看著穩固的屋梁。

無論是要修繕還是要補強，要做只能趁現在。

這個牧場男丁太少——不對，只要拜託他，他大概會願意幫忙。

——可是應該很累吧，這樣的話，我也得找其他事做……

「今年冬天由我去送貨。」

「咦咦?」

想著想著就被舅舅搶先一步,牧牛妹因困惑而發出錯愕的聲音。

轉頭一看,舅舅愁眉苦臉的。

牧牛妹並非毫無頭緒,「啊哈哈」笑著甩手。

「放心啦,不用怕。今年才不會發生那種怪事。」

「難說。」

舅舅深深嘆息,搖頭說道。

去年冬天遇到的慘事——嗯,是她不太想回憶起來的記憶之一。

所以她可以理解舅舅會擔心,同時又覺得「有那麼嚴重嗎」。

——明明不會有事。

她很感謝舅舅的心意,卻依然忍不住露出苦笑。

就在這時。小屋入口忽然傳來腳步聲,牧牛妹臉上綻放笑容。

「我回來了。」

背光的身影,是穿著廉價鐵盔及骯髒皮甲,再熟悉不過的異常模樣。

牧牛妹毫不猶豫地跑過去,笑著對他說:

「歡迎回來!好早喔,我還以為你今天也會去冒險。」

「本以為要剿滅哥布林,結果不是。」

這樣呀。她點頭。有工作很好，可是沒有哥布林更好。

她記得之前跟他有過這樣的對話。

他早上就出門了，還以為肯定又要好幾天後才會回來。

因此他這麼早回來，對她來說是值得開心的失算。

——哎，嗯。

就算他整個冬天都沒辦法去冒險，家裡的積蓄也夠用。

再說一次，意外隨時會發生。自然會以防萬一。

——雖然不太能想像他在家休息的畫面。

「回來啦。」

牧牛妹思考著無關緊要的瑣事時，旁邊的舅舅也落落大方地對他點了下頭。

接著指向天花板，用有點冷淡、甚至可以說是粗魯的語氣說道：

「冬天冒險者也會比較閒吧，去幫忙補強屋頂。」

「知道了。」

他很聽話。

舅舅看著鐵盔上下移動，無言以對，然後嘆了口氣。

「先吃飯。吃完飯再弄。」

「好的。」

如果不這樣說，他肯定會立刻動工……

——算是舅舅的貼心之舉嗎？

牧牛妹很高興。

舅舅再度嘆息，扔下一句「我先回去了」，離開倉庫。

「好——」

牧牛妹一面回應，一面笑著坐到其中一個桶子上。

「冬天到了耶——中午是不是也吃點熱呼呼的東西比較好？果然還是燉菜吧？」

「嗯。」他又點了下頭。「燉菜很好。」

「交給我吧。」

牧牛妹喉間發出輕笑聲，瞇起眼睛。僅僅是微不足道的交流，卻令人心情愉快。

畢竟他很忙，即使待在牧場也都在工作。她想珍惜這段短暫的時光。

反正吃完飯，他八成會馬上開始補強屋頂……

準備午餐的期間，她也沒時間悠閒地聊天。

所以能像這樣抬頭看著默默站在原地的他，跟他說話的時間，相當珍貴。

「……噢，對了。」

「嗯——？」

因此，他突然冒出一句話時，牧牛妹慎重地豎耳傾聽……

「今年冬至，可能沒空陪妳。」

「咦，為什麼!?」

她反射性站起來。

她愣住了——應該沒那麼誇張——聲音卻很大，急忙摀住嘴巴。

沒人聽見。舅舅應該也回主屋了。但她還是會介意。

「有人拜託我幫忙。」

他自然不會懂她的心情，語氣平靜。真是的。牧牛妹鼓起臉頰。

「比冬至的祭典還重要？」

「不……」

她凝視著他，他一副畏縮的態度，在鐵盔底下支吾其詞。低沉的沉吟聲。

「冬至的活動，好像要徵詢冒險者的意見，找冒險者幫忙。」

他吞吞吐吐地說完後，大概是覺得光憑這句話解釋得不夠清楚，又簡短補充一句：

「冒險者公會來拜託的。」

——哦。

原來如此。牧牛妹出聲表示理解。

——去年是我，前年是那孩子……

那麼，今年就輪到冒險者公會的櫃檯小姐的回合（Turn）了嗎？

——唔姆姆……

好吧。牧牛妹抱著胳膊，認真檢討過後，下達結論。

他接受其他人的請求，將注意力放在剿滅小鬼以外的事情上，是件好事。

困惑、慌張、著急，說明得跟在辯解一樣的他很罕見，大部分的情況都可以體諒。

「那是要幫什麼忙？」

「不清楚。」

他都囔著說。意思是真的不清楚吧。

「所以，必須盡量做足準備……我是這樣想的。」

「對呀……嗯，慎重行事很符合你的個性。」

他不是有勇無謀的人。雖然他那一本正經的發言讓牧牛妹不禁失笑。

他不知道是怎麼理解她的笑聲的，陷入沉默，牧牛妹又笑了出來。

「那得先填飽肚子囉！」

「嗯。」

他點頭說道，態度依然冷淡。

「麻煩了。」

「交給我吧！」

人家都這麼說了，她可不能偷懶。

§

首先要做的，是點燃燈火。

隨著燈芯燃燒的聲音，橙色的火光照亮倉庫。

住在村裡時——不對，現在也一樣——蠟燭和油都是奢侈品。

熬夜的話會被罵，幸好只要付得出錢，就不需要在意時間。

他穿過在青梅竹馬眼中亂七八糟，對他來說卻稱得上有整理的架子間，來到最深處。

將東西放在工作桌上，坐下來，吐氣。該思考接下來要做什麼。

主屋的燈已經熄滅。她和牧場主人應該都趁早睡覺了。

幫冒險者公會舉辦過冬的祭典……

仔細一想真荒謬。自己。幫冒險者公會的忙。

本以為他們不可能會相信，那兩個人的反應卻出人意料。對他而言。

他吃著青梅竹馬做的晚餐，盡可能解釋得仔細又簡潔易懂。

她微笑著說「加油」，牧場主人冷漠地說「好好幹啊」。

兩人都毫不懷疑他要幫冒險者公會的忙。

——好好幹。

怎樣叫好好幹？

他低聲沉吟。理應已經熟悉的鐵盔，現在感覺起來特別沉重。雖然他完全沒打算脫掉。

到目前為止，他從來沒試過好好幹。

仔細一想，一直都是這樣。

立即實行當下能採用的手段，優於事後才想到的好主意。

然而，那不代表當下所選擇的手段全是最佳方案。

事後回想起來，不曉得做錯了多少選擇。

早知道就那樣，早知道就這樣。

應該有更好的方法。應該能做得更好。

——應該能更快地移動、戰鬥、救出俘虜，不造成犧牲，殺掉小鬼。

自己的行動始終有不夠細心的地方，有疏漏之處，並不完美。

之所以能平安走到這裡，存活下來，大概是拜「宿命」或「偶然」所賜。

絕對不能認為是自己實力優秀。

不能認為是在那個地方被抓去當俘虜，或者命喪黃泉的人實力不足。

姊姊沒有錯。村裡的居民也是。其他犧牲者亦然。

覺得自己做得很好，是傲慢至極的想法。

思及此，「好好幹」是多麼遠大的目標啊！

——不過，必須去做。

世上的一切端看要做還是不做。他重複一遍師父的教誨，撥開桌上的東西整理桌面。

將不久前還在準備的各種裝備挪到一旁，攤開數張地圖。

是他為了這次的委託，跟冒險者公會的櫃檯小姐借來的遺跡周邊地圖及內部平面圖。

這一帶在神代的大戰中發生過多場混戰，也就是古戰場。

不曉得有多少座城塞遺跡（Terrain）沉眠於此。

偶爾會經常——除了這個互相矛盾的形容外，無法用言語表達——發現遺跡的入口。

埋在地底的東西被挖起來，或者被食岩怪蟲（Rock Eater）之類的生物推上來。

眾多遺跡中，這次選上的是與這座城鎮鄰近的遺跡。

很久以前就被人發現，冒險者探索完畢——也就是乾涸的遺跡。沒什麼稀奇的。之前他們潛入過的死之迷宮（Dungeon of the Dead）也屬於這一類。

——沒印象的遺跡。

哥布林殺手低頭看著以細膩的筆跡製圖（Mapping）的地圖，低聲沉吟。

他當然不記得自己去過的所有遺跡，跟剿滅小鬼一樣。

世上的冒險者殺掉的哥布林，遠比他親手殺的哥布林還多。

除此之外的剿滅怪物及冒險就更不用說了。

無名的冒險者潛入這座遺跡，戰鬥、探索，繪製地圖……

——所以正好適合拿來設置陷阱，玩冒險遊戲嗎？

腦海忽然閃過拿著木棒，跑進村子附近的森林裡玩的記憶。

那女孩也在嗎？應該也有她在的時候。記憶模糊不清。

從他是用第三者的角度在看自己的這一點來看，那已經不叫回憶，而是以記憶為基礎創造的空想了吧。

他對此一笑置之，低頭望向地圖。

是座平凡無奇的遺跡。

有好幾條通道，好幾間墓室。有暗門和隱藏房間，很好。離城鎮的距離也很恰當。

若要拿來當怪物巢穴，不必費多少工夫就找得到。聰明到會消去足跡的怪物不多。

——哥布林的話。

哥布林的話，在進入遺跡前——不對，進入遺跡後，他們也不會馬上攻擊人。會再等一下子。大多會把獵物拖進去，於進退兩難的地方下手。

遺跡的牆壁是石製的嗎？是的話，想要隨便把牆挖穿應該有困難。

也不能發出太大的挖洞聲。既然如此，首先要處理的是陷阱。

以小鬼的身高不會被打中，凡人（Hume）則會命中一擊的陷阱……例如……

——來自上方的鐘擺型陷阱。

他點頭從剛才推到一旁的道具中拿出沙盆。

接著拿起尖筆，想到什麼主意就記錄在沙上。

先寫下來再說。之後再整理到莎草紙或羊皮紙上即可。

圓木。石頭。搶來的武器。木樁。鍋具類也行。那些都能當成鐘擺。

是常見的傻子陷阱（Booby Trap）。不會使人喪失戰意，卻能消耗體力。

不過，這些陷阱設定上是由小鬼設置的。

——他們不會考慮到礦人（Dwarf）和圃人（Rare）的身高。

小鬼八成會妄想自己打中「大傢伙」一擊，然後就停止思考。

因此陷阱的漏洞在腳邊。看是要蹲下還是匍匐前進，只要多加留意就不會被擊中。

雖然不是多了不起的小手段，對新手冒險者而言應該會是出乎意料的一擊。

他們會想像自己和怪物展開死鬥，卻無法想像自己趴在地上拆線的畫面。

就算機關被發現，陷阱的拆除方式也只有獵師明白。

小鬼會愉悅地看著他們煩惱、思考，加以嘲笑。

平常瞧不起他們的愚蠢冒險者，如今被他們耍得東逃西竄。

孰優孰劣顯而易見。

——殺人的是我們，被殺的是他們。

小鬼不會發現自己的巢穴被人入侵有多麼危險。

因此，我們千萬不能忘記。

自己是來剿滅哥布林的。

——這裡是小鬼的巢穴嗎？

在沙盆上振筆疾書的哥布林殺手，忽然停下手。

潛伏在這裡的，會不會是魔法師、邪龍之流？

哥布林殺手想了一瞬間，最後決定作罷。

太傻了。

世上的冒險多不勝數，剿滅小鬼和除此之外的冒險，後者較多理所當然。

——既然如此，最好一開始就設計成剿滅哥布林。

他只知道這個。他不想淪為對於一知半解的事高談闊論的蠢貨。

沒錯，自己是哥布林殺手。

不是冒險者——至少他不認為自己是。

冒險者的榜樣，其他人會做得更好。

例如重戰士、長槍手等銀等級冒險者。或者——

——傳聞中的勇者。

用不著想像那麼有頭有臉的人。

那個以前使盡全力才揮得動棍棒的劍士、揚言要打倒龍的魔法師少年。

以及願意陪在自己身邊的夥伴們——女神官。

那些人應該比他更適合當冒險者的榜樣。

那麼，自己為何被選上了？是櫃檯小姐做出的選擇。

——也就是說，自己只不過是因為受到她的偏袒才被選上。

思及此，心情就輕鬆了些。

他沒有輕視她的心意。純粹是不習慣受到他人的期待。

剛潛入迷宮開始冒險的少年，大概比他更像英雄、更像冒險者。

既然如此，自己現在陷入的這個思考漩渦，可以說微不足道。
這跟挑戰未知不能相提並論。他知道。
——類似疾病。
長久以來一直在做同樣的行為，就會突然湧上心頭的情緒。
不是不安。也不是缺乏自信。
只是會有人在耳邊低語——自己是個無可救藥的廢物。
如同破掉的泡沫，如同眼皮底下的閃光，突然浮現的人們。
既然是會定期發生的現象，就只是發病罷了。他也知道該如何應對。
簡單地說就像小鬼。出現了就擊潰。小鬼棲息在自己的腦中。
那麼。
——全看要做還是不做。
僅此而已。不如說，除此之外別無他法。
哥布林殺手吸氣、吐氣，將油味、灰塵、骯髒的空氣吸進肺部。
眼前有張地圖。大部分的情況都預想過了。是小鬼的巢穴。這樣的話。
「親眼見證。」
跟平常要做的事並無二異。

「道路是無止盡的，越過岩石，穿過樹林，前往陽光照不到的岩窟，前往不入海的河流前方——」

兩千年來，妖精弓手難得開心成這樣。

不過以她的情況，最近幾年經常能看見這難得的畫面。算了，無妨。

反正她的生涯等同於永恆，只要多骰幾次骰子，點數也會趨於平均值。

更重要的是，由上森人唱出來，連圃人的歌都會顯得典雅。

「又在唱這種老歌。」礦人道士碎碎念道。「這歌已經沒人記得了吧。」

「哎呀，好歌什麼時候唱都行吧？」

走在前頭的妖精弓手甩動長長的馬尾轉過身，倒著走路展露笑容。

陽光明媚，曠野一片雪白。年末將近，在夏與冬的夾縫間的冒險。

森人果然不屬於石造的城鎮，而是大自然的生物。

熱鬧的喧囂聲是很令人興奮沒錯，但風聲及鳥聲才能帶來放鬆的心情。

她踏著輕快的步伐，感受雜草搔弄長靴的觸感。微光撫摸肌膚的觸感。

妖精弓手將它們通通吸滿平坦的胸膛，快活地笑了。

§

「妳也去學一兩首歌啦。」

然後用跟笑聲同樣輕快的動作，跳到女神官旁邊。

「這是冒險者的習慣。先不說唱得好不好，不會唱歌可不行。」

「是、是這樣嗎？」

異於常人的美貌忽然接近，女神官瞪大眼睛。

妖精弓手不認為她的困惑是自己造成的，點頭說道：

「對呀——擺出冒險者的樣子，腦袋裡只裝著剿滅小鬼，這還能看嗎？」

「我承認有道理，不過妳可別當真啊。」

這句話彷彿在諷刺帶頭的某人，礦人道士發出尖銳的笑聲。

「畢竟是這個長耳朵說的。她長那麼大，眼界卻狹隘得不得了。」

「我對世界瞭解得比關在洞穴的礦人還多。」

「說什麼蠢話，地底比森林遼闊多了。」

「哎，若要論面積，棲息於海中的生物應該是最知曉『世界』的吧。」

蜥蜴僧侶將吵鬧的兩人晾在一旁，悠哉地下達結論，一切都一如往常。

離開城鎮後，一直瀰漫著這種輕鬆愜意——或者說和平——的氛圍。

因為今天的目的地離城鎮很近。可以說只是出門一趟。

——應該不能叫野餐（Picnic）就是了。

女神官也忍不住心想，假如季節換成初春，心情會更好吧。

當然不能太鬆懈。

連剛踏出城市一步就遇到龍的法則都有。骰子的點數是人類無法預測的。

喜孜孜的妖精弓手，其實也在用雙眼及兩耳仔細留意四周跟上方。

其他夥伴肯定也在戒備周遭。

不行不行。女神官叫自己繃緊神經，不過，這種放鬆的感覺令她有點高興。

出外冒險時，她總是戰戰兢兢，現在卻不會。

這也是因為——

「太好了，今天天氣真的很好。要是下雨就麻煩了。」

有面帶微笑的櫃檯小姐與他們同行。

「話說回來，我還真沒想到您會接下這件委託。」

「是嗎？」

回答她的是不帶情緒的低沉聲音，從鐵盔底下傳來的模糊聲音。

「可是，我答應過妳。」

「是的，您答應過我。」

櫃檯小姐卻難掩喜色，心情非常好，女神官心想「原來如此」。

她身穿繡著蕾絲的時髦上衣——是叫襯衫嗎？——搭皮革長褲。

肩上掛著皮製的包袱，裡頭肯定裝了各種必需品。

外面再加上一件厚外套——頭髮跟平常一樣編成麻花辮，不過整理成了比較便於活動的樣子。

跟那套熟悉的冒險者公會職員制服，氣質截然不同，給人一種活潑的印象。

雖然絕對不是會穿出去玩的衣服，她覺得這身打扮很有氣質，挺好看的。

那位跑去從商的朋友也是貴族家的千金，但她又是另一種風格——

——好好喔。

女神官偷偷嘆息。

先不論地母神的教義是重視節制，以及自己的儲蓄根本不夠。

——穿在我身上也不適合吧。

當然，她成為冒險者的時候真的是個小孩子，現在多少成長了一些。

儘管如此，她依然覺得自己還很幼稚。

「每個人適合穿的衣服不同。」

櫃檯小姐應該沒有看穿她的內心，卻輕描淡寫拋出這句話。

她轉過頭，帶著從容不迫的笑容，這點又讓女神官心生羨慕。

「我倒是很羨慕妳適合穿可愛的洋裝，因為妳有一頭美麗的金髮。」

「唔，可、可愛……那個。」

對。

沒這回事。她如此心想，卻覺得被人稱讚還故意表現得那麼謙虛，好像不太對。

女神官驚慌失措，嚥下口中的唾液，總算開口說道：

「謝、謝謝……」

「我才要道謝？而且要說的話，還是上森人更漂亮。」

無拘無束地於曠野上前進的背影，晃了下那對長耳。妖精弓手舉手輕輕一揮。

「我很一般呀？」

「可怕的就在這裡……」

櫃檯小姐嘆了口氣，與女神官相視而笑。

真的是，跟超脫現實的美貌比也沒意義。

那位年紀和自己天差地遠的友人穿什麼應該都很適合，可以美麗動人，也可以清新可愛。

她一副要唱起歌的模樣，愉快地開口說道：

「所以，那個迷宮探險競技的舉辦地點還沒到嗎？快了？」

「呃——」

「等一下。」

櫃檯小姐還沒回答，哥布林殺手就打斷她的話。

「等一下。」妖精弓手晃動長耳。「要等多久？兩小時？兩天？」

「搞不好是兩年。」

礦人道士冷冷插了一句話，妖精弓手瞪著他說「閉嘴」。

然而，至少哥布林殺手說得沒錯，的確是「等一下」。

聽著兩人熱鬧的鬥嘴聲，女神官也看見了。

越過一、兩座山丘後，對面有個像無底洞的入口。

恐怕是山丘本身即為一座長滿苔蘚的墳墓。

從藤蔓及草根的縫隙間露出的四角形洞穴被埋在新土底下，敞開大門。

儘管髒汙及歲月的痕跡導致它外觀泛黃，仍然看得出過去應該是由純白的石頭所造。

——是神殿……嗎？

遠遠看過去，女神官有這種感覺。再靠近一點或許還能看出是哪種建築風格。

「啊！就是它，就是它。看見了！」

數秒過後，定睛凝視遠方的櫃檯小姐雀躍地大喊。

女神官有點驚訝她的反應比自己慢，眨眨眼睛。

妖精弓手和礦人道士邊吵邊看著周圍。他們兩個一定也看見了。

蜥蜴僧侶自不用說，哥布林殺手的索敵能力，不如說注意力也很敏銳。

所以她平常不太會把這種事放在心上……不，不對，是巧合嗎？

「沒什麼，習慣成自然。」

蜥蜴僧侶緩緩抬起長脖子，彷彿看穿了女神官的內心。

「俗話說，見與觀不可相提並論。是否懂得觀察事物的方式，其中有著雲泥之差。」

——原來、如此？

女神官聽得一頭霧水，默默心想，再次望向遺跡。

不習慣的話，是不是只會覺得丘陵的一角有點塌陷？

她覺得剛開始冒險的自己可能也看得出來——一定只是自以為吧。

——既然這樣……我是不是可以有自信一點？

女神官豎起食指抵著嘴脣，沉思片刻，點了幾下頭，握緊拳頭。

拿出自信吧。就這麼做。沒錯。

缺乏自信是她的缺點，之前的猜謎比賽，她也表現得很好。

必須慢慢學習為自己的表現感到驕傲。

——好，加油……！

女神官下定決心，又用力點了下頭。

「或許該把入口藏住。」

哥布林殺手毫不關心團隊(Party)成員，大剌剌地走向前。

女神官早已習慣，像隻小鳥似地小跑步追在後面，櫃檯小姐急忙跟上。

哥布林殺手接近遺跡——神殿的入口，緩緩跪下。

祈禱——當然不是，一眼就看得出八成是為了仔細觀察環境。

女神官也簡單劃了個聖印祈禱，然後模仿他觀察遺跡。

四周一片靜寂，沒看見足跡，也沒有噁心的——糞尿、穢物、異性交合的氣味。

「沒有哥布林。」

「看起來是這樣。」

哥布林殺手的鐵盔上下晃動，回應女神官的喃喃自語。

又來了。女神官知道妖精弓手在背後無奈地皺眉。

可是這很重要，女神官不覺得有什麼奇怪的。

「那個，您說要藏住入口是什麼意思？」

櫃檯小姐似乎無法理解兩人的意圖，疑惑地詢問。

她把手撐在膝蓋上，微微彎腰，窺探遺跡內部，大概是不想弄髒衣服。

明明是不穩定的姿勢，身體卻晃都不晃一下，推測是平日努力不懈的成果。

女神官也記得她曾經說過，若想常保美貌及健康，需要勤做體操。

相對的，哥布林殺手維持手觸地面的姿勢，以理所當然的態度回答：

「小鬼巢穴沒那麼好找。」

「咦，不行。不──行。」

櫃檯小姐笑咪咪的，語氣溫柔卻不容反駁，搖晃食指。

「萬一他們始終找不到入口，不就沒意義了？」

「也會有這種時候吧。」

「是沒錯，但這次不行。」

是嗎？他簡短應聲，慢慢站起來，發出低沉的咕噥聲。

「不管怎樣，都要等進去再說嗎？」

「沒錯。」

那句話應該不是在對櫃檯小姐說的，她卻毫不介意。

她扠著腰，宛如指導學生的教師，滿意地豎起手指。

看見哥布林殺手在櫃檯小姐面前的模樣，女神官輕笑出聲。

「那個，」她像要掩飾般開口說道。「那得麻煩斥候(Scout)了。」

「來了──交給我！」

聽見聲音時，妖精弓手已經如一陣旋風般從旁邊經過。

她踩著像小碎步的輕快步伐，從入口跳進遺跡。

礦人道士慢了好幾步——實際上應該沒差多少時間就是了——大步跟上。

「看起來是滿老的遺跡，是神殿之類的嗎？」

「什麼老，上森人搞不好更老咧。」

「那是你的主觀意見。我是從客觀角度分析的。」

森人敏銳的感覺適合偵測敵情，礦人則是最瞭解建築物的種族。

他們雖然在吵架，肯定會把陷阱或怪物的痕跡都找出來。

「不過……的確很老舊呢。」

女神官放心地交給兩人，吐出一口氣，望向那座遺跡。

果然這座丘陵就是神殿，丘陵中腹的洞則是入口。

埋在新土下面的，是由並排的圓柱支撐住的門。

曾經存在過的門扉風化已久，裡面由裂開的白色鋪路石鋪出一條路。

——通往下方……？

意思是，這座神殿肯定很深，比外表看起來更大。

搞不好這裡並非入口，而是許久以前的窗戶。

以前蓋在地上的建築物，為何會變成地下的遺跡，女神官覺得很不可思議。

他們生活的這塊土地，數百年後是否也會陷入地底？

——可是，也有數百年來一直存在於地面的東西。

例如山峰，例如樹木。以及歷史悠久的城堡，神殿也是。

說不定知識神的神官會知道。還是說，沒人關心這個問題？

——四方世界真是充滿神祕……

無論如何，先準備光源。三位凡人跟其他夥伴不同，在黑暗中無法視物。

「我拿提燈（Lantern）出來！」

「啊，沒關係，不用喔？」

櫃檯小姐幹勁十足地打開包袱，旁邊的女神官迅速點燃火把。

這是一點小心思，讓火把和打火石放在外側，以方便取出。

沒什麼好炫耀的，是她在冒險過程中想到的主意。

「妳很熟練呢。」

「是！」

回答櫃檯小姐的聲音，會不會聽不出自己的得意或驕傲？

她感覺得到，蜥蜴僧侶正默默注視自己立刻努力拿出自信的模樣。

大家是怎麼想的？他、櫃檯小姐，以及哥布林殺手。

不知道答案的女神官感到極度羞恥，硬是轉移話題。

「對、對了，提燈壞掉的話怎麼辦？」

「什麼意思？」

「就是，那個，不是會有很多人參加嗎？」

女神官右手拿著錫杖，左手拿著火把，展開雙臂形容數量。

「像這種裝備，那個，有時候會壞掉或弄丟。」

「啊——」

不曉得是經她這麼一說才想到這個問題，還是思考過後依然得不出結論。

櫃檯小姐皺了下眉毛，但下一刻，她便帶著美麗的微笑斷言：

「自己出錢？」

「咦咦……」

「公會也不希望冒險者習慣什麼東西都會由我們準備呀？」

櫃檯小姐一副這很正常的態度，對困惑的女神官接著說。

的確，嗯，女神官不是不能理解。

不希望他們覺得冒險時自然會有人幫忙打理好一切。

冒險可不是絕對安全、保證成功的。

——當然不代表可以因此不在乎他們受傷或喪命……

考慮到這一點，真的很難拿捏分寸——

「總之感覺不到怪物的氣息。」

「竟然……」

「應該也沒陷阱。哎——雖然不知道更深處有沒有，這裡是乾涸的遺跡吧。」

「能否設置陷阱。」

哥布林殺手在垂下肩膀的蜥蜴僧侶旁邊，詢問回到室外的同伴。不曉得他理解了多少。

「看是怎樣的陷阱。」

聽見礦人道士的回答，櫃檯小姐想了一下後說道：

「這個嘛，請控制在不會破壞遺跡的程度喔？」

「是不會破壞遺跡的程度。」

女神官忽然有股不祥的預感，急忙補充：

「還、還有，那個，我覺得最好設置看得出那邊有機關的陷阱……」

「唔……」

哥布林殺手低聲沉吟。女神官摸著平坦的胸口鬆了口氣。

只要告訴他，他就會認真思考。所以應該不會有問題。大概。恐怕。

「你這回答有說跟沒說一樣。」礦人道士捻著鬍鬚。「不能再解釋幾句嗎？」

「我想先從簡單的著手。」

「舉個具體的例子啦，具體的例子。」

「入口附近的地面還是土對吧。」

「把鋪路石拆掉就行。」
礦人道士對從鐵盔底下扔出的疑問表示肯定。
既然如此——哥布林殺手說。
「挖個一隻腳大小的洞，在上面放置兩片釘釘子的木板，踩到就會夾住腳踝……」
「不可以。」
櫃檯小姐沒有允許他繼續說明，仍然面帶微笑，明白地否決。
哥布林殺手的鐵盔晃了下。
「只要在上面塗毒，這個陷阱連老虎和熊都抓得到。」
「想當冒險者的人不是老虎也不是熊。」
「……我不會真的塗毒。」
「不是說不塗毒就可以。」
對呀——不行啦——這人在想什麼——妖精弓手點著頭說。
「是嗎？」哥布林殺手小聲回答，煩惱地沉吟，把手放在遺跡的牆壁上。
仔細思考過後，他彷彿想到了好主意，面向櫃檯小姐。
「那麼，不釘釘子如何。」
「呃……」

櫃檯小姐笑著歪過頭。笑容沒有消失。女神官很佩服她。

——我可辦不到。

然而，不是陷阱專家的櫃檯小姐，似乎想不到該如何反駁。

不對，應該是就算想到了，也無法判斷是否正確。

她嘆著氣說道「幸好我有跟過來」，無奈地點頭。

「那樣還能接受……？」

「好。」

哪裡好——女神官按住眉間。

——不過，那個陷阱……

學起來不會有壞處。先不論要不要用在給新手冒險者參加的小規模競技上。

捕熊的陷阱。捕熊的陷阱。她在心中重複了好幾遍製作方式，忽然產生疑惑。

「對了，之前在收穫祭時用的那個，呃……」

——叫什麼來著？

分別拿著錫杖和火把的雙手，在空中比劃。

「那個木樁會從旁邊射出去的……也是這類型的陷阱嗎？」

「那個簡單卻好用。也能用在狩獵上。」

哥布林殺手的回答簡明扼要。

經過片刻的思考，他呼出一口氣，面向女神官。

「有興趣的話，可以教妳怎麼做。」

「麻煩了……！」

妖精弓手仰天長嘆。地母神肯定也在遮著臉，所以她的祈禱傳達不到。

總而言之，妖精弓手對這對師徒的對話感到無力，櫃檯小姐則專心聆聽。

至於興致缺缺——不如說當成在看戲的，是礦人道士和蜥蜴僧侶。

「真陰險。」

「蜥蜴人（Lizardman）也會使用類似的手段。」

「不會吧。」

礦人道士反射性回問，蜥蜴僧侶吐出舌頭答道「當然，當然」。

「在沼澤作戰時，將木樁插在能夠徒步渡河的河川或水灘底部的泥巴裡……」

「不小心腳滑，就會連同鞋子一起被刺穿？別說了別說了，太可怕囉。」

「呵呵呵。在戰場上鬆懈的愚蠢之徒，可是活不下來的吶？」

——對了，之前在雪山也看過類似的陷阱……

正在將哥布林殺手所說的一字一句記進腦海的女神官，聽見這段對話忽然回想起來。

雪山的洞窟，踏進有哥布林祭祀場的那個地方時的水灘。

女神官低頭看了她喜歡的白色長靴一眼。

——身為冒險者，果然該在鞋子上多花點心思嗎？

哥布林殺手也是。這雙靴子當然不差，不過。

這時——雖然不是因為察覺到女神官的不安——蜥蜴僧侶轉動眼珠子說：

「話雖如此，此乃冒險、剿滅怪物，再加上針對新人的訓練。如此一來，這般陷阱著實有些……」

「小鬼應該也沒那麼聰明吧。」

「對。」

礦人道士接著說，哥布林殺手斬釘截鐵地肯定。

「不過，該假設他們有那麼聰明。」

「因為實際上，他們真的會設陷阱。」

仔細一想——女神官感慨地點頭。

她的第一場冒險，以那悲慘的結果劃下句點的剿滅哥布林委託，也是如此。

挖開岩壁發動攻擊，肯定也是一種陷阱。

深入敵陣時知道會有這種事，和不知道會有這種事，大不相同。

「還有不小心踢斷就會有東西砸下來的鐘擺陷阱。在閃避那個陷阱時會移動到的位置設置落穴。」

再放個會連鎖發動的石弓吧。哥布林殺手喃喃說道。

可以的話想設置在牆壁之間，隨便堆一座砂石山，埋在裡面也不錯。

只要靠落穴——用不著太深也無妨——限制住對方的行動，就射得中了。

而且一旦掉進洞裡，同伴及當事人都會把注意力放在如何逃脫上。

會去注意砂石山和可疑的箭孔（Arrowslit）的機率並不高。

「把鋪路石拆掉，在下面挖洞，再把石頭放回去，就不容易被發現。」

「……有那麼多陷阱，他們會回去吧？」

妖精弓手不耐煩地插嘴說道「換成是我一定會掉頭就走」。

她應該是想表達「我可不想經歷那種全是陷阱的冒險」。

而哥布林殺手那句「沒錯」，意思當然不同。

「重點在於要如何讓他們在與敵方接觸前，消耗體力卻不逃走。逼人撤退沒有意義。」

哥布林殺手語氣平淡，妖精弓手疲憊地垂下長耳。

豎起來的長耳逐漸改變角度，女神官覺得有點可愛。

——的確可能有點過分啦。

但這些知識都派得上用場，聽了不會有損失……

「單純的障礙物也有效。和陷阱不同，疲勞容易使人判斷要繼續前進。然後往深處——」

「我個人的意見是。」

櫃檯小姐提心吊膽地舉起一隻手，打斷他說明。

她客氣卻嚴肅地開口，試圖讓他理解。

「希望能讓想當冒險者的人覺得『雖然刺激又危險，還滿有趣的』。」

害人家嚇得要命，大吃苦頭，留下慘痛的回憶「教育他們」——

「……還請您控制一下。嗯。」

「唔……」

「該怎麼說呢，請您再手下留情一點……」

哥布林殺手低聲沉吟，然後陷入漫長的沉默。

他的記憶中，師父在快要融化的冰柱下大笑著對他丟塞了石頭的雪球。

如今回想起來，那是剛開始的時候，所以師父肯定也收斂了不少。

——意思是不能綁緊四肢，把人丟進融化的雪水裡面。

他點了下頭。

「我會好好考慮。」

「麻煩您了。」

櫃檯小姐深深一鞠躬，頭低得讓人想不到她是貴族家的千金。

換成其他冒險者——例如長槍手，肯定會發自內心為她做牛做馬。

「噢……除了陷阱，還有怪物。」

然而，他是哥布林殺手，他一如往常，冷靜地點頭說道。

「果然是哥布林嗎？」

「妳怎麼可能當得上冒險者！」

「是嗎？」

「沒錯！」

少年得意地挺起胸膛，用會被喧囂聲蓋過的音量對眼前的少女說。

有著一頭泛白黑髮的瘦弱少女，露出疑惑的表情。

明明她肯定什麼都不知道，還一副神色自若、高高在上的態度。少年笑了出來。

——事情的開端起於一件簡單的跑腿任務。

身為邊境村莊的居民，竟然有機會一個人到鎮上去，十分難得。

這時他就已經樂得跟人生達到顛峰一樣，花了半天來到這座城鎮。

然後覺得人生的顛峰彷彿半天就結束了。

雖然不知道原因為何，他不小心在街上撞見同鄉的少女。

光這樣就夠不愉快了，她的腰間竟然還掛著一把劍。

連他都從來沒碰過劍。這令他莫名火大。

他無法接受她擁有那樣的東西。站姿也歪歪斜斜的。

——如果是我。

能站得更直，堂堂正正挺起胸膛。

「妳怎麼在這？」他問，她輕描淡寫地回答「爸爸拜託我來辦事」。

「反正妳八成是迷路了，不知道該怎麼辦對吧。」

一定是。她卻依然疑惑地說「是嗎」。

意思是，她已經辦完事囉？少年不知為何為此感到焦躁。

「那妳幹麼杵在這種地方？」

「這種地方？」少女疑惑地歪過頭。「這裡是冒險者公會前面耶。」

這個舉動彷彿在說「你看不懂招牌上的字嗎」，他非常憤怒。

少年忍不住脫口而出的話，是「妳怎麼可能當得上冒險者！」。

然後——就回到最初的對話。

「只要有一點體力，誰都有辦法當上喔？」

「哦。」

「大部分的人都沒辦法養活自己。妳也很快就會被拿去賣啦。」

八成賣不了多少錢就是了。少年滔滔不絕地說著從家人口中聽來的話。

他當然不知道正確的意思，儘管如此，他還是知道她賣不了高價。

畢竟她可是住在村外，曾經是傭兵的遊民的小孩。矮小又寒酸。

和那些年紀較大，好幾年前饑荒時去賣身的女孩應該不能比。

為什麼村子會讓這種人住在裡面，少年無法理解。

因此，他沒發現自己說的話互相矛盾。

只要有體力，誰都有辦法當上，這名少女卻不可能當得上。

少年是這樣想的，所以他可能不認為自己說的話有矛盾之處。

「再說，冒險者要跟怪物戰鬥喔？妳知道嗎？」

「嗯。」

「妳這種等級，頂多揮幾下木棒趕走小鬼或巨鼠吧。」

「是沒錯。」

少年嗤之以鼻。哥布林和老鼠，那種東西他也解決得掉。

這點小事就在那邊擺架子，得意忘形，他看不順眼。

這名少女一直以來都是這樣。

講什麼都一臉鎮定，彷彿沒有任何感覺。

父親之前是當傭兵的又如何，那種遊民的小孩踐什麼踐。

只會用那瘦弱的身體揮一整天木棒，不然就是保養村人的農具。

這種事誰都會。跟玩遊戲沒兩樣。

和認真幫忙家人下田，到鎮上跑腿的自己差多了。

那樣子的她要當冒險者？未免太厚顏無恥。

「妳哪可能對付得了盜賊或龍？不可能。」

少年上前一步，輕戳少女平坦的胸膛。她「啊嗚」踉蹌了一下。

這副模樣十分狼狽，少年露出壞心眼的笑容。

「再說，妳有錢買鎧甲、鐵盔嗎？」

少年明知故問。這女孩的父親賺不多。

若要借父親的裝備——雖然他從來沒看過——來穿，體型差太多了。

腰間掛著劍，身體卻站都站不直。

怎麼可能——先不說他自己有沒有那個力氣——揮得動！

不，說起來，他們好像從來沒精準測量過誰力氣比較大。

「沒那麼多錢。」

「那妳根本不可能當上冒險者！」

絕對不可能，所以理由要多少有多少。

她一語不發，少年得意地笑了。

「我記得妳好幾年前在森林裡迷路過，最後哭著回來。」

「……」

「像妳這種人，就算當上冒險者，又會哭著逃回來吧。」

村子才不會讓那種又蠢又笨的人再踏進一步。

她聽見這句話，不知道會露出什麼樣的表情。她低著頭，看不見她的臉。

「是嗎？」

「對！」

她低聲咕噥道，少年像要駁斥這句話似地回答，滿足於自己的智慧。

「再見啦。我很忙，和妳不一樣。我得去把事情辦好！」

語畢，他便撞開少女，邁步而出。

她在背後又「啊嗚」踉蹌了一下，一屁股跌坐在地，他卻完全沒放在心上。

反正不管別人對她講什麼，那傢伙都不會介意。沒必要顧慮她的感受。

他是長男，總有一天還會有自己的田地。跟那種遊民的女兒身分不同。

少女在地上坐了一會兒，低著頭，然後緩緩起身。

她沉默不語，拍掉衣服上的髒汙，抬頭仰望公會入口。

那裡貼著一張少年毫不關心的羊皮紙。

豪華的設計、藝術性的文字。為冒險者志願者舉辦的活動。

少年可能是看不懂。少女當然也不識字。
可是，她聽見路人說的那句話。
「迷宮，探索競技。」
少女小聲地自言自語。
她的聲音沒有人聽見，消失在人潮中。

§

「我不能參加嗎!?」
「以一般常識來說不行吧。」
女騎士在冒險者公會的酒館絕望地吶喊，重戰士則被她搞到精疲力竭。
冒險前，他們選擇先填飽肚子。當然不可能喝酒，這畫面卻跟喝醉了一樣。
「這是為想當冒險者的人和新手舉辦的競技。也就是在拉人。新手以外禁止參加。」
「什麼話。信仰之路既漫長又艱辛，我還是個資歷尚淺的新人。」
因為神沒授予妳神蹟嘛。重戰士擁有不將這句話說出口的智慧。
「因為神不授予大姊神蹟嘛。」

© Noboru Kannatuki

少年斥候(Scout)則沒有。

他叫了一聲，似乎是少女巫術師(Druid)默默揮動手杖，在桌子底下輕戳他的小腿。

「可是不能參加冬天的活動，有點寂寞呢。」

她徹底無視按著腳呻吟的同伴，端正地坐在椅子上。

當初謊報年齡雖然拉低了一些她的評價，現在她可是團隊(Party)裡可靠的術師。

她自己似乎也很明白，即使她想參加也不符合資格。

「就算不能報名，搞不好還是有機會參與。」

半森人(Half Elf)輕劍士溫和地對少女巫術師說道，或者是想藉此安撫女騎士。

在食堂角落幫團隊(Party)整理帳目的他，從帳簿上抬起視線。

「雖說是乾涸的遺跡，總會有意外發生。公會好像會委託老手擔任負責待命的冒險者。」

「也就是說，可以拿救人當藉口第一個殺到最深處囉！」

「不可以吧。」

重戰士深深嘆息。

若不拉緊女騎士的韁繩，她可能會戴著頭盔裝成新人衝進去。

「用來過冬的儲蓄夠嗎？」

「還有剩呢。」

輕劍士輕描淡寫地說。

新手時期也就算了，對於身經百戰的冒險者而言，可以說花錢如流水。

只要潛入遺跡、洞窟、迷宮中跟怪物戰鬥，就能從寶箱裡賺取大量的金錢。

新人則會為了連今天明天的住宿費都沒著落，也沒錢購買魔法裝備而哀嘆。

「不過整個冬天都過著優雅的生活，我會擔心身體變遲鈍耶。」

「沒辦法。」重戰士露出猙獰的笑容。「去賺點零用錢吧。」

女騎士自不用說，少年少女聞言也大聲歡呼。

畢竟跟祭典扯上關係的話，肯定是場愉快的冒險——然而。

「……好好喔。」

在不遠處聽一行人交談的棍棒劍士，心不在焉地撐著頰咕噥道。

長劍與棍棒的二刀流已經用得有模有樣的他，不再被人當新手看待。

話雖如此，他的力量又離老手的境界相去甚遠。

也就是說——怎麼掙扎都無法參加。

「我之前才登記成冒險者，去參加也不會被罵。」

不知何時毛色變成純白的白兔獵兵，悠哉地笑著說。

「好卑鄙。」

「才不卑鄙。」

至高神聖女對噘起嘴巴的棍棒劍士下達制裁，抱著胳膊豎起眉頭。

「意思是我們沒空去玩。小心過不了這個冬天喔。」

「啊……嗯，好……」

經她這麼一說，棍棒劍士一句話都無法反駁。

比新手階段多往上爬了一、兩層階梯，並不代表就能一口氣賺到錢。

跟有一餐沒一餐的日子比起來，當然變得可以奢侈許多。

不只兩名女性，連他都能借簡易床鋪來睡，三餐也豐盛不少。

食物方面也是為了那位什麼東西都能吃得津津有味的新同伴就是了。

即使不是兔人，不吃不喝哪有辦法不眠不休地行動。雖然他也很想要魔法之劍。

——總之我對裝備沒有不滿。是身材，身材。

纖細的女性身軀和青梅竹馬的體溫閃過腦海，這位年輕人趴到桌上，以掩飾過去。

之前明明都不太會放在心上，一不小心注意到就很難忘記。

「還是要來我家？媽媽一定會叫你們住下來。」

「那樣很不好意思耶……欸，妳知道冬天有什麼動物可以狩獵嗎？」

「獵得到野豬和鹿。被牠們的角刺中一下就會死掉，但這不重要啦。」

「哪裡不重要……算了，不曉得有沒有剿滅巨人的委託。」
「搞不好他會把妳從頭部開始啃掉喔。」
而那兩位女性正在棍棒劍士頭上興奮地聊著恐怖的話題。
記得棍棒劍士住的村子，也有獵人是因為被野豬刺穿大腿而亡。
而且他也聽說過，有村莊遭到駭人的怪物——白色巨人的襲擊。
剿滅巨人。巨人就該待在洞窟。拜託別到人類住的村落。
棍棒劍士碎碎念著逃避現實，感慨地咕噥道：
「好想放個五年左右的假……」
「你連當冒險者的資歷都未滿五年了……！」
多麼熱鬧。
總而言之，中層階級——也就是非新手也非老手的冒險者，並非所有人都跟這場競技扯不上關係。
在離重戰士一行人和棍棒劍士一行人都有段距離的地方，妖術師極其乾脆地說：
「我暫時不能去冒險。」
「啥!?」她講得跟既定事項一樣，擔任頭目（Leader）的戰斧手瞪大眼睛。「為什麼？」
「因為我得製造哥布林。」

妖術師的雙眼始終盯著打開來的魔法書，滿不在乎地說。

真討厭。為何自己會用的法術傳出去了。

——都是國家的人不好。

自己嘴上說那是重要的機密，禁止別人帶走，卻不小心害它流到黑市去，真不知道該說什麼。

拜託為她這個要一本本把魔法書找回來的人著想吧。唉。實在是。

八成是被闇人(Dark Elf)的美色誘惑了。那個像狒狒的老頭子還真色。

「哦，妳會用那種法術啊。」

在她於心中抱怨故鄉時，優美清爽的聲音忽然傳入耳中。

她往旁邊看了眼，最近加入團隊(Party)的肌膚異常白皙的女森人(Elf)在對她微笑。

森人原本就美貌出眾，何必特地化妝呢。

「我收集觸媒可不是為了好玩。」

她因為強烈的白粉味而閉上嘴巴，嘀咕了一句。

「召喚小鬼幹麼？」

「與其說召喚，不如說製造。不，還是要稱之為複製……」

妖術師依然嘀咕著回答同隊的僧侶。

反正講得再仔細他們也聽不懂。聽不懂還愛吵著要人說明，令人困擾。

魔法就是魔法。會發生不可思議的現象。就這樣被說服吧。大家真的都很愛講道理。

「不知道，應該是要用在競技上的敵人。大概。雖然會消耗體力，有錢賺就好。」

妖術師冷漠地說。有錢賺。這是最重要的。

「對啊，我也喜歡錢。森人竟然把錢當成普通的石頭，無法理解。」

他們似乎只對真銀（Mithril）有興趣——女森人嘟嘴鬧起脾氣。

妖術師瞇眼瞪向散發白粉味的森人。這女人有打算藏嗎？

「隨便啦，也就是說不能冒險囉？」

頭目（Leader）不知為何會沒發現。妖術師深深嘆息。

哪個世界會有一天到晚用鞭子鞭打自己的背，說這是在向苦痛之神祈禱的森人啊。

就算四方世界無邊無際，諸神胸襟寬闊，未免太不合理了。

「因為我只有告訴妳一個人。」

宛如耳語的輕笑聲太煩了，妖術師決定無視她。

冒險時，其他人明明從來沒顧慮到她是團隊（Party）裡唯一的女性，女森人加入後就有了男女之別。

關於這件事，妖術師多少有點感謝她，所以不是不能忍耐一下。

而且，她可是那個圃人(Rare)斥候消失後好不容易找到的斥候。

跟中陷阱大吃苦頭比起來，只不過是被纏上，她必須接受才行。

不，反而該由她主動纏上去，以免她逃掉吧？雖然這樣也挺麻煩的。

「也就是說，我們的術師小姐這次是幕後人員囉。」

看起來與金錢無緣的法師不曉得明白了什麼，點點頭，果斷地說：

「既然如此，這是不是神明的意思，要我們以幕後人員的身分賺取金錢？」

「就是！」

「沒錯。」

「咦咦……」

妖術師誠心發出不耐煩的聲音。

意思是，她必須負責將團隊(Party)介紹給公會，請公會給他們工作？

叫她整理好儀容，彬彬有禮地拜託公會職員，拿出這個等級的冒險者該有的態度？

光這樣就令她頭暈，但她同時也覺得，抗議一定沒用。

這些傢伙一旦決定就勸不聽了，而且缺錢也是事實。

妖術師的視線落在魔法書上，深刻感覺到眾人都在默默注視她。

© Noboru Kannatuki

就這樣定案了嗎？肯定是吧。

——啊啊，夠了，真是的……真是的！真是夠了！

§

「知道了啦！」一名冒險者大吼道，踢開椅子走向櫃檯。

女神官端正地坐在等候室的椅子上，看著這個畫面。

不對，正確地說，她沒有坐著，也沒有在看那邊。

她緊張地站起來，走來走去，又坐回椅子上，如此反覆。

而她也不是在看那群人，只是耳朵及眼睛接收到聲音和光線罷了，沒有把對話內容聽進去。

她沒那個心思。

「唔，唔——唔……」

女神官心神不寧，將扁平的臀部坐到椅子上，用手指捲起金髮。

今天她從早就是這個樣子，她不禁後悔早知道再多照一下水鏡。

「我的儀容沒問題嗎……？」

「沒問題沒問題。不必那麼擔心。」

脖子上掛著至高神聖印的監督官，笑咪咪地回答不知道問了幾次的問題。

儘管侍奉的神明不同，她可是努力向前邁進，前途無量的後輩之一。

她希望那些正在經歷青春時期（Boy Meets Girl）的孩子能成長茁壯。

話雖如此，她的原則是不會過度鼓勵，也不會過度責備。

若對方需要幫忙，她會伸出援手，但更多的協助就叫多管閒事了。

她好歹也是中階的冒險者，不習慣這種場合可不行。

「我能理解妳會緊張。畢竟妳被王都的地母神神殿指名了。」

「是……」

——不過，事情發生得這麼突然，對她來說壓力或許有點大。

監督官一副置身事外的態度。

這次的活動不知為何傳到了王都那邊，還決定派人來視察，叫公會的人負責接待。

而被選上的就是這位少女。

監督官早已習慣應付有權人士（Big Name），迎接他們也是日常業務。

不必坐在桌前處理文件，反而還滿輕鬆的，但對冒險者來說似乎不是這麼一回事。

加上之前提到的迷宮探險競技，女神官大概快超出負荷了吧。

「名聲傳到王都，是件值得高興的事呀。」

「我擔待不起……不如說，那是哥布林殺手先生的名聲吧。」

比起謙虛，這更接近事實，女神官表示自己應該沒那麼有名。

的確，大部分的情況下，團隊（Party）裡有名的都是戰士，接著是魔法師，然後是神官，最後是斥候。

傳說中的那位善良闇人的獵兵（Ranger）或長腿男（Strider），也是被當成戰士……

她確實不是名聲足以從邊境傳到王都的高等祭司。

「不過，妳之前也去王都冒險過吧？」

「是的……」

「說不定妳的名字就這樣被人記住啦。」

不管原因為何，受到指名代表至少不會是壞名聲。

對冒險者而言，名字被人記住乃極大的幸運。

「交易神說，遇到良機絕對不能放過。天上掉下來的好機會，就是要牢牢掌握住。」

下一件委託、下一份工作、下一場冒險。戰鬥與成長。更加的進步。

監督官握緊拳頭告訴她，她的說教卻對女神官沒什麼用的樣子。

「妳覺得變有名很難為情？」

「比起難為情，更接近覺得自己的內涵還不到那個程度。」
女神官愁眉苦臉地露出苦笑。
「我很努力地想練習說出自己做得到哪些事，可是……」
「哎，這真的是個大難題。」
自信確實很重要。光憑謙虛無法在社會上生存。
同時卻又不能過於驕傲，無論何時都有更優秀的人。
而不知道事情緣由的人，有的會說這只是運氣好，有的會說那叫實力……
「其他人會隨便亂講，所以只能努力不露出馬腳了。」
「……好難喔。」
女神官的視線飄往重戰士——不，是女騎士的方向。
或者是不在場的某人。是在找魔女，還是哥布林殺手嗎？
「各位前輩看起來都很優秀。我實在追不上。」
「反了反了。大家只是在『表現出優秀的樣子』。」
只是在裝樣子罷了——監督官大笑著說。
身為冒險者公會的職員，自然很清楚英雄傳說的另一面。
鼎鼎有名的自由騎士，在第一次冒險時差點送命；勇猛的聖女害劍融化了，嚎啕大哭。

剿滅怪物的必殺一擊差了最後一刀，由團隊（Party）中的斥候補上，諸如此類。

「所有人的內涵都差不多啦。」

對了，她跟她——女神官，好像很少像這樣單獨交談。

朋友櫃檯小姐、酒館的獸人女侍、妖精（Elf）弓手、牧場女孩也在的時候倒是有過。

至於一對一交談……這也是諸神擲出的骰子的意思吧。

四方世界由人的意志、因果、骰子的點數左右。邂逅及離別亦然。

既然如此，她想盡量建立良好的關係……

「……啊。」

就在這時，女神官抬起臉。

冒險者公會的大門打開，鈴聲響起，監督官也終於發現有兩人踏進公會。

一人是有著健康的褐色肌膚，身穿道袍的修女，正大笑著朝這邊揮手。

「嗨，久等了，久等了。太久沒到街上，果然會被一堆東西吸引過去。」

「啊，不會，沒這回事……！」

聽見那太陽般的明亮聲音，女神官站了起來，臉上綻放笑容。

「今天謝謝妳特地過來——話說回來，前輩是負責帶路的嗎？」

「嗯，沒有啦，我剛好想溜出來一下。因為我很無聊。這是個難得的好機會。」

當然不能放過囉——不久前也聽過的這句話，使女神官輕笑出聲。

監督官從兩人的對話大致推測出她們的關係，只有默默在背後行了一禮。刻意介入其中太不識相了，修女也稍微以眼神致意。

「話說回來，真是嚇我一跳。哎呀，真不知道世界是小還是大。」

「怎麼這麼說？」

她用手指捲著黑色捲髮——穿道袍的時候，不是都要把頭髮塞進頭巾嗎？——一邊說道。

女神官面露疑惑，修女得意地笑了。

「哎呀，總之先介紹客人再說。來，這位是來自王都寺院的——」

女神官忍不住倒抽一口氣，眨眨眼睛。監督官也「喔喔」發出無聲的驚呼。

「午安！——我來了！」

笑著從修女背後探出頭的，是長相與女神官十分相似的美麗少女。

§

「咦，啊，妳、妳來了……！」

「噓——噓——噓——！」

女神官差點不小心叫出聲，她摀住嘴巴，少女撲了過去。

跟自己長得如出一轍的臉龐近在眼前，再加上身體柔軟的觸感，令女神官臉頰瞬間泛紅。

「這、這次我可不是偷跑出來或是來玩的。不是喔……！」

聽見少女——王妹的主張，女神官頻頻點頭表示理解。

因為不這麼做她大概不會放開，再加上她快喘不過氣了。

「啊，噢。抱歉……對不起。」

王妹終於放開了她，女神官吁出一口氣。

「可、可是，為什麼？其他人怎麼會允許……」

「因為是神殿的工作嘛。我是以神官的身分被地母神神殿派來的。」

嘿嘿——王妹像要炫耀般，挺起豐滿的胸部，然後微微吐出舌頭。

「不過我沒告訴陛——哥哥我要來這邊啦！」

「啊啊……」

不對——

說這叫任性、沒在反省太武斷了。

什麼都不想就跑出去，跟考量各種情況再採取行動，似是而非。

看到經歷那種慘事的少女，像這樣堅強地重新振作，女神官臉上也浮現笑容。

雖然有點同情那個宛如雄獅的國王，這肯定是件好事。

「怎麼？妳們果然認識？」

看著相視而笑的兩人，葡萄修女也跟著微笑。

就她看來，應該剛好能拿來打發時間。或者是看見妹妹的朋友，為此感到喜悅。

她瞇起大概蘊含了兩種情緒的雙眼，感慨地輕聲說道：

「話說回來，妳們兩個站在一起真的很像姊妹。」

「是嗎？」

「我不覺得耶。」

許多部分都不像。

女神官和王妹面面相覷，面露疑惑。

不過有人說她們長得像，感覺並不差。

「那個，所以……？」

監督官以清嗓聲打斷聊得不亦樂乎的三人。

對喔。女神官也急忙挺直背脊，面對王妹。

「這次是從王都的地母神神殿前來視察的……對吧？」

「啊，是的。沒錯。呃——」

王妹點點頭，像在思考該怎麼說明般陷入沉思，又點了一次頭。

「之前不是發生過春天遲遲不來的事件嗎？然後又因為供奉神酒的事情引起騷動。」

——啊啊……

女神官忽然覺得，彷彿時隔已久的冒險有點令人懷念。

仔細一想，雖然這一年轉眼間就過去了，他們還真是做了不少事。

前往雪山戰鬥、主動東奔西走，解決神酒的事件，接著遠赴東方的異國。

「之前還有死靈占卜師的軍勢。」

「噢，對呀。結果那個由勇者大人處理掉了。」

王妹和監督官所說的國家重大事件，也跟女神官有點關係。

——這樣一想，我是不是也稱得上頗有經驗的冒險者……？

開玩笑的。女神官建立起了一點自信，同時也告訴自己不可以太驕傲。

她偷偷挺起胸膛，意識到葡萄修女的存在，搖頭心想「不行不行」。

「我們想說冬天會不會又發生什麼事件，就從地母神神殿過來了！」

但我也只會在旁邊看，幫不上什麼忙啦。王妹害羞地說。

——確實如此。

多一個神官不可能改變得了什麼。可是，跟一個人都沒來比起來截然不同。

更何況是她。儘管當事人說自己只是以神官的身分前來，她可是國王的妹妹。

此舉明確地表示他們並沒有不重視這件事。

西方邊境——女神官也不得不認真應對。

「那個，那我只要負責擔任嚮導就行了嗎？」

女神官怯生生地提議，王妹以精力十足的聲音回答。

「對呀！我想到處看看。呃，是要在遺跡裡面舉辦迷宮探險競技對不對？」

「是的，詳細情況有整理成文件。」

監督官將事先整理好的一捆羊皮紙遞給王妹。

「不過您親自去確認會比較好吧？」

「說得也是——嗯，果然還是得親眼看過一遍。」

王妹接過文件，緊緊抱在胸前，語氣誠懇。

在一無所知的情況下亂講話很簡單，在一無所知的情況下出外冒險也很簡單。

看來她深刻明白了，看與觀察是兩碼子事。

「我再不回去會被罵。剩下交給妳們啦。」

愉快地看著女神官和王妹交談的葡萄修女，忽然揮手扔下這句話。

是啊。監督官也點了下頭。那兩個人感情似乎不錯，一定不會有問題。

「那麼……就是要去參觀會場囉？」

大概吧。監督官想了一下，得出「只要意思有傳達到就好」這個結論。

「可以麻煩妳帶路嗎？」

「是。」女神官微笑著點頭。「交給我吧！」

§

——太狠了……

櫃檯小姐將滑下來的鐵盔扶正，重新繫好帽帶，疲憊地心想。

太古的遺跡，只由小小的橙色火光照亮。

石造的柱子及牆壁上刻著神祕的圖案、雕刻，或是連環畫。

然而歲月如梭，凡人(Hume)無法理解其中的意義。

搖曳的影子照在牆壁的雕刻上，令人覺得它們彷彿擁有生命。

——我之前就聽說過，礦人(Dwarf)的地下城市有這種構造……

礦工及鍛造師正在工作的雕刻栩栩如生，門上的雕刻在鞠躬歡迎客人，之類的。

她沒去過鼎鼎有名的礦人城市，所以只是聽來的。

對了，之前她跟他和朋友們一起去過森人的城市……

「凡人的眼睛存在所謂的慣用眼，一定會有一隻眼睛視力比較好。」

© Noboru Kannatuki

哥布林殺手徹底無視沉浸在回憶中的櫃檯小姐，開口說道。

他在遺跡的地面上爬行，用白粉筆到處做記號。

是用來在迷宮內配置小鬼的路標。

他單手拿著提燈（Lantern）——真難得——戒備周遭，一面做事前準備。

櫃檯小姐只是小步跟在後面，留意不要跌倒。

「大部分的人都是右撇子，慣用眼是右眼。意即將敵人配置在左側，戰鬥會較為不便。」

「原、原來如此……？」

為何他們的對話內容如此駭人？

不對，當然不是現在才開始的，這也是工作之一。

他開口就是小鬼、小鬼、小鬼、小鬼、小鬼，也不是一天兩天的事。

——而、而且，他的話比平常還要多，這樣也不錯……！

思及此，瞬間浮現心頭的不悅感便隨之煙消雲散。

「的確，多數的冒險者……都是用右手使用武器。」

「魔法師也是右手持杖，用右手瞄準目標。敵方位在左側的話，射出法術時會比較有難度。」

不過也有人左手持盾，所以光憑這點不代表占優勢。

哥布林殺手邊說邊起身，大概是做好記號了。

「此外，也有人使用左手法。看見左手空著的斥候，要優先解決掉。」

「左手法——噢。」

櫃檯小姐搖搖晃晃地跳過腳邊的瓦礫，點頭。

她發現走在前面的他停下來等自己跟上，腳步自然輕快起來。

「走路時左手一直摸著牆壁的探索方式。」

她知道。

迷宮遊戲在貴族之間也很盛行，雖然沒這麼正式——不如說不是真正的遺跡。

在庭院設置重重籬笆，叫園丁修剪，設計成迷宮舉辦茶會，是他們的娛樂活動之一。

櫃檯小姐住在老家時也受邀參加過好幾次遊戲。

「可是，我記得如果出口跟不同面牆壁連接在一起的話，這個方法就不管用了……？」

「有迴廊就無效。但這次的對象應該是缺乏經驗的人。」

也就是相信只要把左手放在牆上，遲早會抵達最深處的那些人。

他說，這場活動的對象八成會中計。

「在左邊的牆壁設置會觸發陷阱的機關也不賴。盾牌應該也會卡住。」

「……請您適可而止喔？」

「我會。」

哥布林殺手點頭。

「先用陷阱將他們的體力消耗到不會引起戒心，再拖到深處，發動襲擊。」

雖然我之前也聽過這個做法，拿來用在冒險者身上真的太狠了——櫃檯小姐心想。

不對，也許冒險就該這樣。

愉快、輕鬆、保證勝利、能得到寶物。冒險可不是這種顯而易見的鬧劇。

會發生出乎意料的情況，阻礙也很多，歷經苦難後得到的只有一丁點的報酬。真的白費工夫的冒險也不罕見。

況且沒有成功的保障，有時也會失敗。與本人的行動無關。

好不容易找到洞窟入口，歡呼著「萬歲！」衝進去，結果死於崩塌事故。

很好笑，但並非笑話。是實際發生過的事件，單純只是因為很極端所以才令人印象深刻。

在冒險者公會工作的話，類似的情況多到足以令人聽膩……

——不過，正因為能從其中獲得樂趣，冒險者才有辦法繼續走在這條路上吧。

「未必能隨時回到城鎮，或者在路上稍事休息。」

櫃檯小姐急忙跟上走在前面的他，心不在焉地想。

這個人就是像這樣學習如何冒險的嗎？

不，這樣問的話，他一定會回答他學到的是如何剿滅小鬼。

這個答案十分容易預測，不過親耳聽見——真的很辛酸。

他只懂剿滅小鬼。明明應該只有當事人這麼認為。

「哥布林殺手先生——」

「嗯？」

「是被人這樣教會的嗎？」

因此，櫃檯小姐的問題如同靜靜從口中吐出的氣息，融化於黑暗中。

他的回答隔了一下子。

不是拒絕，而是思考。這點小事櫃檯小姐也很明白。

「……姊姊教我怎麼狩獵的時候，不曉得是什麼情況……」

他簡短咕噥道。

「老師是透過在洞窟中的問答教我的。」

然後緩緩地，支支吾吾地說。

「若不馬上回答，會有雪球砸過來。」

「哦……那剛才那段沉默，肯定會惹來一頓罵。」

櫃檯小姐輕笑出聲，淘氣地說，他低聲沉吟，接著回了句「搞不好」。
她覺得很有趣，發出銀鈴般的笑聲。
想像中的年幼的他，不知為何穿著鎧甲，打雪仗的樣子非常可愛。
「您的師父真嚴格。」
「是很嚴格。」
他立刻回應，櫃檯小姐又笑了出來。他好像不太介意。
「不過，師父教了我很多事。還有游泳的方法……真的很多。」
他其實沒有義務要教我。櫃檯小姐「這樣呀」平靜地回答他簡短的話語。
他的過去——嗯，她猜得到。她沒有直接問過，所以稱不上「知道」。
因此她不敢過問他的童年，覺得不知道也無妨。
未必要知曉他的一切，才能喜歡一個人。
她高興的是他願意跟自己訴說。
「戰鬥方式呢？」
童話故事裡的英雄，小時候就會由傳說中的師父指導各種奧義。
祕劍、必殺劍、禁招等等，只傳授給一個人的珍藏祕招，各式各樣。
還聽說過射出斬擊、一根手指就讓對方爆炸，這種荒誕無稽的故事。
——噢，不對，聽說森人的英雄真的會射出斬擊。

這樣的話，憑一根手指就能殺掉敵人的招式也是實際存在的嗎？

「沒什麼教。」

哥布林殺手的回應依然簡短。

他再度蹲下，用白粉筆做記號。這次是右邊。

——可能是因為一直從左側進攻，怕他們習慣吧。

櫃檯小姐想像得到，所以她沒有問。有更重要的事。

「小鬼的要害，是其他人教的。」

說話之餘，他的手依然沒停過。

櫃檯小姐站在蹲在地上的哥布林殺手旁邊，舉起提燈。

鐵盔微微晃動，看得出在上下移動。

這個不值一提又細微，用來表示謝意的動作，使她心裡流過一股暖流。

「妳也知道吧？」

「噢，那個人。」

櫃檯小姐也記得那位住在鎮外，性格古怪的魔法師。

她們沒講過幾次話，不過那名女性令人印象深刻。雖然她不知何時消失了。

「我有聽說她去旅行了。」

「大概不會再回來。」

「寂寞嗎？」

「不好說。」

哥布林殺手的手還是沒停下。他做完記號，站了起來。

「關係沒好到那個地步。」

「……我也是。」

不值一提又細微。在這個意義上，那位魔法師的面容亦然。

有多少人知道、記得她的存在，乃微不足道的小事。

重要的是，他和自己都記得。

牧場的女孩應該擁有更多和他共同的記憶，但對櫃檯小姐來說，這是珍貴的記憶之一。

——但那女孩八成也記得那個人。

只屬於自己的特別之處屈指可數，櫃檯小姐自認她很明白這一點。

再怎麼說，他都是哥布林殺手。

不是出外剿滅哥布林，就是回到牧場。

只有在這之間的時間會來到冒險者公會。

——也就是說，現在就是特別。

思及此，櫃檯小姐不禁覺得賺到了，同時也為自己感到羞愧，然而。

──不不不，這是工作，是工作。

沒有不當行為，也沒有濫用職權。所以沒問題。照理說。

「不過。」

櫃檯小姐這樣告訴自己，所以她才能順利回答突如其來的問題。

「怎麼了？」

「由我負責沒問題嗎？」

「是的，那當然。」

事到如今還問這個。櫃檯小姐苦笑著心想。

──那孩子之所以沒自信，說不定是受到老師的影響……我亂猜的。

該說可愛呢，還是該說連缺點都很像，令人頭痛呢。

話雖如此──

──除了剿滅哥布林，其他事他是不是都沒經驗？

她用手指抵著嘴唇思考，的確，這樣的話他也是個新手。

不對，櫃檯小姐本身當然也不熟悉這方面。

她從站在遺跡中的他的腳邊，挑了塊大小適中的瓦礫坐下。

希望提燈朦朧的燈光，能讓她顯得有魅力一點。

「因為你把新人照顧得很好呀。」

「唔。」

相對於被光照亮的櫃檯小姐，浮現於黑暗中的鐵盔，底下傳出低沉的咕噥聲。

「論照顧新人——」

重戰士的團隊（Party）不是更適合嗎？

原來如此，是這樣啊。櫃檯小姐點頭。不是不能理解……但。

「那幾位有點過度保護了。」

她豎起食指晃了下，慎重地說道，以免語氣中帶有貶低的意味。

謊報年齡的問題暫且不提，重戰士的團隊（Party）將兩位年少的冒險者栽培得很好。

那些孩子——雖然考慮到種族因素，圃人巫術師比她年長——肯定會成為優秀的冒險者。

不過，那是更久以後的事。

「不是說不行，但冒險並非只有好事。」

「是嗎？」

「啊，這不代表目的只有要讓他們吃到苦頭喔！」

櫃檯小姐急忙補充，表情恢復鎮定。

千萬不能公私不分。她反覆告訴自己，盡量維持工作時的態度。

即使這是對自己來說的特別時間——終究是工作。

「不可以那樣。不——可以。」

「是嗎？」

「就是。」

「真困難。」

他碎碎念道，宛如遇到難題的小孩。

哥布林殺手抱著胳膊沉吟，陷入沉默。

有人可能會覺得這是拒絕繼續對話的動作。

然而，櫃檯小姐很清楚他只是在思考。

牧場的女孩應該也一樣。和他共同行動的冒險者，想必也是如此。

——特別的事情又減少了。

她既高興又寂寞。

在迷宮中、洞窟內，他一定也會像這樣趁剿滅小鬼的空檔思考。

櫃檯小姐不會有機會看見他被提燈照亮的模樣。

因此，她將手肘撐在大腿上，輕輕揚起嘴角。

「那麼，冒險開心嗎？」

「可以理解那個心情。」

「……我想也是。」

因為，你已經經歷過各種冒險了嘛。

去古代遺跡剿滅巨魔、在下水道與難以用筆墨形容的怪物對峙，連那座有名的死之迷宮（Dungeon of the Dead）都挑戰過。

除了哥布林以外，他不會多加說明，每次都得費一番工夫詢問詳情。

不過，前陣子的冒險用不著那麼複雜的溝通。

再怎麼說，那可是——

「打倒龍的時候，感覺如何？」

櫃檯小姐抱著雙膝將頭靠在上面，語帶調侃地問。

沒錯，是龍。紅龍。立志成為冒險者的人都曾經夢想過的存在。

就算是人稱哥布林殺手的他，也知道這種生物。

「沒有打倒。」

他果斷否定，看起來有點像在鬧脾氣，櫃檯小姐再度失笑。

「只是讓牠睡著再撤退。」

「是，您說得對。只是讓牠睡著。然後呢？」

「應該報告過了。」

「有什麼關係。」櫃檯小姐噘起嘴巴。「休息一下嘛。」

「唔……」

他隨意地當場坐下，但並不是因為櫃檯小姐催促他的關係。

不曉得是基於冒險者的習性，還是他的習慣，他沒有讓武器及盾牌離手太遠。

在冒險過程中——他肯定經常這麼做，經常與夥伴並肩坐著。

如今她親眼看見這副模樣，果然賺到了。

「然後呢？」

櫃檯小姐輕笑出聲，試圖連接對話。

「姊姊教您的狩獵方式是？」

「正確地說，是父親的知識。」他說。「例如如何投擲長槍。靠使用繩子的本事——」

微不足道的對話。微不足道的閒聊。可是，這比什麼都還要令人喜悅。

——好了，這樣的話，接下來……

該怎麼把包袱裡的便當拿出來呢？櫃檯小姐動起腦筋。

§

「——差不多是這種感覺。」

「妳真的不會把那對耳朵用在正常的地方上。」

「有什麼辦法？因為森人耳朵很長嘛。」

「嘛什麼嘛……」

遺跡中，在跟兩人隔著好幾個區塊的地方，礦人(Dwarf)道士將石板掀起來，眉頭緊皺。

他很想回她「這把年紀了還裝可愛」，然而遺憾的是，對上森人(High Elf)而言，兩千歲只是個年輕人。

說小孩子孩子氣也很幼稚——他下達結論，拿起掛在腰間的酒灌下去。算了。

「所以你在設什麼機關？」

「沒啥，簡單的小機關罷了。」

他將用繩子綁住稍微削尖的木片製成的礦人機關，夾進翻過來的石頭底下。

再把石頭放回原位，牆邊的石牆上便出現兩個高度恰當的洞。

「喂，長鱗片的。你那邊如何？」

「繩子綁好了。」

石牆另一側傳來回答他的聲音。妖精弓手現在才知道蜥蜴僧侶(Lizardman)繞到了另一邊。

因為這座遺跡——不，並不限於此處——帶給她的樂趣是在裡面四處亂逛。

森人不擅長蓋建築物。礦人聽了會得意忘形，所以她沒打算說。

——難怪礦人那麼愛削石頭把它們堆在一起。

森林裡那些老人好像說過，做這種事明明一點意義都沒有。

話雖如此，能如此迅速地做出這麼新的機關，她覺得真的很厲害。

「欸，那有什麼功能？」

「站在這往洞裡瞧瞧。」礦人道士把位置讓給她。「眼睛不要太靠近洞。」

「我看看……？有寶物嗎……」

怎麼想對面都有東西，究竟是？

妖精弓手敏捷地跳到鋪路石上，彎下腰將身高調整到凡人的高度，定睛凝視小洞的另一端。

——……？

她眨眨美麗的眼睛。

對面是依然冷清的遺跡，沒有疑似財寶的物品。

「什麼都沒有呀？」

「啊……」礦人道士面露無奈，嘆了口氣。「踩一下地板，地板。」

妖精弓手搖晃長耳，以輕盈的動作往腳下的地板一踢。

緊接著傳來喀嚓一聲，木棍從小洞裡射出來。

她以上森人特有的優雅姿勢往後面跳，皺起眉頭。

「哇，好陰險。所以說礦人就是這樣……」

「正好適合教育那些被財寶蒙蔽雙眼，往洞裡看的人。」

礦人道士捻著鬍鬚，對正在戳木棒的妖精弓手露出邪惡的笑容。

這是木棒——速度也不快，所以不構成問題，換成針或劍可不是鬧著玩的。

「得把反應改得更靈敏一些。目標的體重太輕就沒用囉。」

「因為你是用礦人當標準吧——？」

「就是因為只吃霞，妳才會那麼平。」

沒禮貌！妖精弓手長耳倒豎，以優雅的音調破口大罵。

不熟悉森人語的人可能會覺得她在唱歌，但她的姊姊及姊夫聽了，應該會忍不住摀住臉。

這實在不是上森人公主該說的話，礦人道士卻毫不介意。

他認為妖精弓手八成聽不懂，用礦人語簡短回罵，妖精弓手氣得大吼回去。

「哎呀，看來一切順利。」

蜥蜴僧侶緩緩地一腳踏進一如往常的吵鬧鬥嘴聲中。

從牆壁對面的區域回來的他，剛才大概是在用粗壯的手指及鉤爪幫忙設置機關。

妖精弓手心想，虧他有辦法用那種手指做出那麼靈巧的動作。

「雖然貧僧對此不甚瞭解。」

大概是察覺到了她的視線。蜥蜴僧侶轉動眼珠子，露出利牙咧嘴一笑。

「若要在密林打游擊戰，就得設置一、兩個傻子陷阱。話說回來，此乃小鬼殺手兄的主意？」

「不，那傢伙只有準備哥布林會設置的陷阱。」

是我的主意。礦人道士輕拍自己的肚子，點頭。

「就算不是哥布林，這也是洞窟的巨人(Troll)會想出來的陷阱。」

妖精弓手笑出聲來。

本以為她又會繼續罵人陰險，她卻坦率地說道「對吧」。

「在遺跡裡留下一堆陷阱比較有趣嘛。」

歐爾克博格完全不會關心這種事——她說。

這也沒辦法，只要受過指導，哥布林多少也會用些陷阱，不過除此之外的哥布林哪有那個智慧。

那名性格乖僻的冒險者懂得許多知識，卻嚴重集中在特定方面。

幸好當事人也有所自覺——

——這樣反而更糟糕吧？

若他是那種會驕傲地堅持自己沒錯的男人，或許早就被人拋下了。

兩位男性疑惑地看著呵呵輕笑的她，妖精弓手擺擺手。

「沒事。嗯——所以可以收工了？」

「不，似乎有來自王都還是哪裡的客人要來參觀。」

礦人道士想起早上女神官說的話。對森人來說，明明應該是幾秒前發生的事。

——不對，這傢伙當時在睡覺。

他隔著鬍鬚瞪向上森人。

「……可別對人家太失禮喔。」

「你才失禮。怎麼可能，我又不是礦人。」

「把我們的王族扔進牢房的就是森人啊。」

「礦人很失禮，所以沒關係。」

妳這臭丫頭——妖精弓手將氣得回嘴的礦人道士晾在一旁，像隻在聞風中的氣味的貓，東張西望。

「話說回來，這裡是什麼的遺跡呀？」

「貧僧毫無頭緒。」

蜥蜴僧侶用那隻由鱗片覆蓋的手，摸過遺跡粗糙的牆壁。

只是這麼一摸，歷經長久歲月的牆壁就剝落了。

過去應該畫著壁畫，然而如今已看不出內容。

「應該不是城寨……」

「就我看來，也不是神殿那類的……」

礦人道士大口喝酒，拎起牆壁的碎片仔細觀察。

連礦人那習慣跟石頭相處的手指，都輕輕一碰就讓它化為塵埃。

「看起來像急忙蓋出來的，哎，這一帶以前的古戰場也很多。」

「結果就是什麼都看不出來嘛。」

「至少可以知道，不是神代時期的東西。」

礦人道士沒有把妖精弓手插嘴補充的這句話放在心上，語氣十分正經。

礦人不喜歡在工作方面說謊。

「若是當時的建築物，會蓋得更牢固。這是出自人類之手。」

「哦……那是魔法時代的囉？」

「搞不好。」

介於諸神大戰和冒險者的時代之間的這段時期，人稱魔法時代。

諸神發現冒險的樂趣，離開四方世界，前往天之星桌的不久後。

駭人的魔力奔流於四方世界亂竄，法術扭曲世界法則，盤面亂成一團。

懂得使用偉大祕術的魔法師們的法術大戰遍布世界。

他們的卡牌遊戲，連諸神都無法阻止。

既然決定要尊重人類的自由意志，就絕對不能扭曲它。

而那樣的魔法時代，最後也在不知不覺間以魔法師的離去宣告終結。

成為穿越者（Planeswalker）的他們，一個又一個從四方世界中消失。

那是既漫長又短暫——冒險揭開序幕前的黃昏時刻。

對於不是魔法師的人而言，是連生存都有困難的嚴冬。

從神代大戰中倖存下來的上古龍或森人，可能還會有印象，不過——

「我也是在很久很久以後才出生的……好神祕喔。真的神祕。」

「就算妳當時已經出生，也不會記得吧。」

「才不會。」

哼！蜥蜴僧侶愉快地聽著妖精弓手的哼氣聲，開口說道：

「若貧僧活在那個時代，說不定也會成為魔法師。」

「這樣你說不定不會想變成龍，而是想跑到棋盤的外面去。」

「非也，非也。那也是成為偉大的龍的一步。」

畢竟一旦成為穿越者就能長生不死，直到敗退。

「總有一天，貧僧或許會以大魔導士的身分關注獵兵小姐。」

「喜歡吃起司的大魔導士是吧。」

妖精弓手瞇起眼睛，想像蜥蜴僧侶操作卡牌，拿出起司的模樣，笑出聲來。

這時——那對長耳晃了下。

「不、不好意思……！」

啪噠啪噠的跑步聲。腳步聲、呼吸聲。有兩人份。

「終於到了。」

「瞧。」礦人道士笑得露出牙齒。「馬上就一句失禮的發言。」

「這才不叫失禮。」

人影來自遠方的入口——一看見來者，妖精弓手就眨眨眼睛。

因為那兩個人竟然都穿著熟悉的服裝，擁有熟悉的面孔。

——嗯。可是其中一方的腳步聲好像偏重？

喔，不對。想起來了。她用唇語說道。同時揚起嘴角。

因為從死之迷宮（Dungeon of the Dead）救出的那女孩，成了優秀的神官，正踏著穩健的步伐往這邊走來。

「上次——真的承蒙各位的照顧！」

少女開口第一句話就是鞠躬道謝，容光煥發，表情不帶一絲陰霾。

「這次，呃——我要來這裡視察，到處參觀！」

「那個，這邊現在在設置陷阱，沒錯吧？」

女神官正經八百地確認，妖精弓手豎起長耳點頭。

「對呀，總之妳先看一下那個洞。」

「這邊嗎？」

礦人道士還來不及制止，王妹就像隻小鳥一樣衝過去。

她好奇得兩眼發光，往洞裡看——

「嗚哇!?」

然後嚇得尖叫，一屁股跌坐在地，愣了一下後大笑出聲。

礦人道士板著臉用手肘頂她側腹，妖精弓手輕鬆閃開，得意洋洋。

這果然不算失禮。

§

祭典將近，城鎮的夜晚也多了些活力。

以西方邊境來說，儘管不及水之都，這座城鎮還算滿熱鬧的。

隨著冬天將近而減少的人潮增加了，路上也散發熱氣，相當溫暖。

重戰士——儘管他現在並沒有裝備大刀及鎧甲——憑他魁梧的身軀分開人潮。

他走路的時候不會亂撞人。那樣與流氓無異。

不過，他也不會跟在迷宮裡戒備陷阱一樣。今天是假日。

也就是說，他只是跟一般人相同，在享受祭典前的熱鬧氣氛。

© Noboru Kannatuki

離祭典當然還有段時間。沒有攤販，裝飾品也稀稀落落。

可是，空氣逐漸加溫的瞬間，感覺還不差。

他悠哉地穿過街道，推開他要去的酒館的門。

「密友之斧亭」他其實沒來過太多次，但這種時候他很常來。

穿過店門，透出橙色的燈光瞬間將視線範圍染成同一種顏色，喧囂聲湧入耳中。

店裡頗熱鬧的，踏進一步彷彿就換了個世界。

他對小跑步跑來的兔人女侍說「我來找人的」。

用不著找，很快就發現了。因為他和那兩個人都很引人注目。

——瞧，就是那張圓桌。

「抱歉，久等了。」

「沒差。」

「無妨。」

美男子——長槍手揮了下手，平常那把魔槍不在身邊，只有腰間掛著一把劍。

——哎，這種時候還全副武裝的……

唯有今晚邀請他們兩個來的，裝備骯髒皮甲與鐵盔的奇怪友人。

他坐得椅子吱嘎作響，圓桌上已經擺好酒和下酒菜。

看來他們並沒有等他，而是先行開動。重戰士對此沒有怨言。

「今天不用早點回家？」

「家。」鐵盔男子僵硬地咕噥道，搖搖頭。「講過了，沒問題。」

「這樣啊。」

那就好。重戰士叫住女侍——這次是豐滿的馬人（Centaurus）——點了酒和肉。

畢竟不吃不喝也聊不起來。

他看著逐漸走遠的馬人，緩緩放鬆身體。長槍手露出得意的笑容。

「在看屁股啊。」

「白痴。」

這位友人雖然是能幹的戰士，卻怎麼樣都改不掉有點輕浮的毛病。

有女性喜歡他這一點，也有女性討厭他這一點，整理而言前者比較多。

不是好壞的問題。純粹是重戰士沒辦法像他那樣。

用手中的長槍砍倒敵人，帶著美麗的女性，目標是古代遺跡，或傳說中的怪物。

吟遊詩人的詩歌未必是唬人的。應該也會有人出於對那傢伙的崇拜而跑去當冒險者。

——我自己也，嗯。

這不是自吹自擂，但重戰士也從吟遊詩人口中聽過與自己有關的詩歌。

雖然內容全是胡謅的，什麼穿著黑色甲冑猛衝的受詛咒的戰士。

結成團隊的女騎士還有千百種面相，頗為有趣。

如今回想起來，第一次聽見自己團隊的詩歌時，真的是感動萬分。

有人嘲笑那首歌寫得爛，也有人不當一回事，那又如何？

自己的冒險會以詩歌的形式被人傳頌十年百年喔——他是這麼想的。

眼前這名沉默不語——大概是在等重戰士點的料理送上來——的男子亦然。

邊境勇士，小鬼殺手。

如同他的綽號，詩歌中的他也是在剿滅小鬼。帶著真銀劍這一點滿好笑的。

但是上森人的女孩炫耀過，他們在沙漠遇到了紅龍。

不過，就算輕輕撞那個人叫他分享屠龍事蹟，他也只會回答「沒有殺掉」。

——不管怎樣，最誇張的是這傢伙。

三個人有三種活法。即使人生態度截然不同，最有名的無疑是長槍手。

假如再年輕個幾歲，他可能會羨慕，產生對抗心理和敵意——現在則不一樣。

到頭來，無論別人過得如何，自己的事都只能由自己拿出成果。

即使長槍手不再輝煌，抑或沒沒無聞，都跟重戰士的實績沒有任何關係。

關於這方面，從他一直在默默做好自己該做的事這一點來看，小鬼殺手可以說經驗豐富。

可以說是優點、美德吧。而不在意他人評價的結果，就是那身裝扮。

「在鎮上總可以脫掉鐵盔吧？」

「那可不行。」

異常果決的回答也一如往常。重戰士露出無奈的笑，長槍手板起臉來。

「聽好，你也是銀等級。再多用一些魔法裝備啦。」

「是有幾件。」

「那是形象問題，形象。還有方便性。總要在意別人看你的目光吧。」

「之前也聽過類似的話。」

「聽過類似的話還不改，代表你沒聽進去。」

「唔……」

長槍手和哥布林殺手激動地交談——不如說只有長槍手講得很激動。

每個冒險者都有自己的做法，大可不必管那麼多。

——純粹是那傢伙愛管閒事吧。

「……噢，來了。」

在他想著這些無聊事的時候，酒杯及盤子接連送到重戰士面前。

三人先拿起酒杯，齊聲乾杯，仰頭喝了一口。

室外很冷，店內卻很溫暖，冰涼的麥酒喝起來格外美味。不對，酒和料理無論何時都很美味。

「所以，哥布林殺手，你找我們來有什麼事？」

「又是剿滅哥布林？」長槍手嗤之以鼻。「話先說在前頭，我很忙。」

「嗯。」哥布林殺手的鐵盔左右搖晃。「不，不是。」

「啥？」

「想麻煩你們陪我來場桌上演習。」

語畢，那名穿戴廉價裝備的冒險者拿出隔板和一捆羊皮紙放到桌上。

隔板另一側是類似地圖的棋盤、棋子、骰子。

重戰士無視驚訝地看著他的長槍手，嘀咕道：

「哦，那個迷宮探險競技的？」

「對。」

鐵盔再度上下搖晃。哥布林殺手的回答很簡潔，也就是測驗。

「我配置了陷阱和怪物……哥布林，想趁還能修正時確認一遍。」

「為啥？櫃檯小姐給了你很多意見吧。櫃檯小姐。櫃檯小姐！」

你不相信她嗎？長槍手面露怒色。語氣激動。目光凶狠。

「小心別喝醉。」

「我才沒喝醉。」長槍手吼道。「我在生氣！」

「是喔。」

「是嗎？」

重戰士不以為意，哥布林殺手認真聽了進去。

「不過，最後做決定的是我。既然如此，照理說就該由我負責。」

「……嘖。」

長槍手粗俗地把手撐在圓桌上托著腮，嘖了一聲。

不把責任推給其他人——何況是女人，在這男人眼中應該是美德。

然而他又不想老實地稱讚他，如果點明這個事實，肯定談不下去。

重戰士默默記在心上，以便之後可以拿來調侃長槍手，灌下一大口酒。

「簡單地說就是玩遊戲吧。我可以。」

「…………我也沒意見啦。」

長槍手勉為其難地同意，哥布林殺手「是嗎」吁出一口氣。

原來這男人也會緊張。重戰士微微挑起一邊的眉毛，伸出手。

「那冒險紀錄表給我。不創造冒險者還玩什麼遊戲。」

「好。」

選大張的圓桌應該也是為了這個。三名冒險者將料理挪到一邊。

店內這麼吵，就算有人偷聽，也聽不見探索競技的內容。

輕率地選擇在冒險者公會中測試，反而會引起注意。

既然如此——

——這傢伙有時會用跟黑手一樣的手法。

怎麼不去嘗試都市冒險（City Adventure）啊。

思及此，重戰士揚起嘴角。反正這男人八成會說自己不適合。

——好了，該怎麼辦咧。

很久沒玩桌上演習了。

——得仔細思考才行。

戰士、斥候、神官、魔法師，基本上是這四個。除此之外還有各種技能、職業。

要組成團隊（Party）的話，需要考慮整體結構。何況這次只有他們兩個。

雖說還要看長槍手會用什麼樣的冒險者，術師和斥候果然是必備的吧……

——那就是交易神的神官兼斥候。不……

說到會用魔法的盜賊，那位有名的灰色貓（Gray Mouser）不就是嗎？效法他也不錯。

思考不同於現在的自己的另外一個自己，既頭痛又愉快。

種族不同，技能不同。性別年齡也不同，但同樣是冒險者的自己。

坐在旁邊的長槍手一樣樂在其中，宣言：
「機會難得，我想玩玩看礦人的……斥候。」
「喂喂喂。」重戰士苦笑著說。「那不適合你吧？」
若要論有利不利，答案是不利。礦人雙手雖然靈巧，並不是太敏捷的種族。
他的回答卻是一句「笨啊」。
「只接受『完美的冒險者』，世上哪有這麼荒唐的事。」
「說得也是。」
長槍手掃興地說。這句話很有道理，重戰士便乖乖同意。
理所當然。
有利不利、適不適合，那些全是他人的標準。
一個人能否成為冒險者，怎麼可能由這種小小的差距決定。
「術師和斥候，前衛、火力、神蹟。應有盡有的『完美團隊(Party)』，只存在於紙上。」
「就是這樣。」
重戰士把在羊皮紙上振筆疾書的長槍手晾在一旁，思考起來。
——這個嘛，那我就。
隨心所欲即可。好，那就這樣吧。

重戰士抓起一粒骰子扔到桌上，決定好種族和其他資訊。

「我要用森人劍士。又強又帥喔。」

「……你講的話跟做的事不一樣耶？」

「追求強弱也是個人的自由吧？」

「說得也是。」

這次換長槍手點頭附和。

重戰士聞言，露出滿意的笑容，拿起筆望向對面的鐵盔。

「喂，哥布林殺手，這該不會是沒有術師和斥候就會死的迷宮吧？」

「不知道。」

這男人對冒險者的能力審查（Status）不會插半句話。

看來此話不假，他似乎正在努力思考之後的發展。

「所以我想請你們測試看看。」

「行。」

他坦然提出請求，他自然也能坦然答應。

對於熟練的冒險者來說，填滿冒險紀錄表的空白處用不著多少時間。

「今天是個適合全滅的好日子。」

先填好表的長槍手，愁眉苦臉地碎碎念道。

© Noboru Kannatuki

「你創造的迷宮絕對很陰險。」

「哎，玩幾遍看看吧。搞不好他其實有放水，輕輕鬆鬆就進到最深處了喔？」

不管怎樣，簡而言之就是測驗之類的東西。大概會需要用各種不同的隊伍挑戰。

比起那個，有件事不得不留意。

重戰士檢查完自己填好的表，滿意地點頭，用手肘撞長槍手。

「還有，記得扮演(Role)成新人啊。」

「我不會每走一步就用木棒探路（註1）。」

長槍手哼了聲，抓住骰子說：

「對了，哥布林殺手，你聽好。你可別讓怪物做出異常狡猾的行為喔。」

「我自認他們的行為都是哥布林會做的。」

「就是這點讓人無法信任……」

聽見兩人的對話，重戰士哈哈大笑，大口喝酒，將蒸馬鈴薯扔進口中。

「那麼，開始吧，兄弟。」

「我們種族不同。要說也是從兄弟或再從兄弟吧。」

註1　梗出自龍與地下城的道具「10フィートの棒」。

於是，新生的兩位戰友（Battle Brothers），意氣風發地挑戰迷宮探險競技。

即使吃了許多苦頭——重戰士還是玩得很開心。

祭典前果然就是要這樣。

間章『跟一開始的能力值沒什麼關係的故事』

坐在櫃檯撐著頭打瞌睡的工房老闆，因為些微的聲響微微睜開眼。
——糟糕。我是不是也老了？
是小偷嗎？還是學徒小子帶著女侍丫頭在相親相愛？
後者的話，再裝睡一下也無妨。
他年輕時同樣會瞞著囉嗦的父親。
修行偷懶雖然不可取，耍點小聰明也是必要的。
鐵也是要趁熱敲打再等它冷卻，說到鋼的祕密——
「請問……」
微弱的聲音傳入耳中。第一次聽見，不過聽說聲音相似的人多不勝數。
缺乏自信，心神不寧，卻又有點興奮，是新手的聲音。
瞞著雙親，或是離家出走，偷偷來到武器店。
至於去冒險者公會登記沒，僅僅是瑣事。

身上帶著多少錢。願意花多少錢在裝備上。是否懂得武術。體格如何。來買什麼樣的武器。

身為工匠，同時也是商人的他，關心的只有這些。

除此之外——

——差不多中下吧。

是個瘦小的小丫頭。

氣質文靜，提心吊膽地在店內徘徊的模樣，無異於迷路的小孩。

腰間掛著一把收在老舊劍鞘中的長劍，身體因重量而傾斜。

不僅如此，每當發出喀喀喀的聲音，她都會不停望向腰部，大概是劍尖磨到地面了。

就算這樣還是中下。不是下。

少女煩惱地沉吟，比較商品和價格，彎曲手指計算，瞪大眼睛。

然後不知所措地左顧右盼，到處又摸又碰，再度陷入沉思。

——那麼，該在什麼時候叫她呢……

這時，門鈴忽然響起，少女嚇得繃緊身子。

「哎、呀……」

首先傳入工房的，是平靜嫵媚的聲音。

接著踏進來的是豐腴的雙腿，以及美麗的臉龐。

戴著三角寬簷帽，手拿法杖的女人，好奇地眨眨眼，凝視少女。

她的眼睛明明不是斜眼，她卻像中了魅惑(Charm)一樣。

不過，要青澀的少女承受住未免太強人所難。邊境的男性大多都會屈服在她的視線下。

看見那個魔女送秋波還能不為所動的人屈指可數，例如——

「喔，怎麼了？」

從魔女後面靜靜走出——如虎似豹——的這名美男子。

看他扛著名槍，身穿鎧甲，大概是準備去冒險，或是冒險歸來後。

他掃過店內一眼，看到那個像圃人(Rare)的小女孩，咧嘴一笑。

「怎麼？新手？」

可憐的少女嘴巴一開一合，彷彿傳不過氣，終於擠出一句話。

「還不是……」

「還沒登記，但妳打算去登記吧？那就是後輩了。以後多指教啦。」

少女這次連話都說不出來，光點頭似乎都拚了老命。

掛在脖子上的是銀色的識別牌。魔槍在店內昏暗燈光的照耀下，發出朦朧的光芒。以及他的一舉一動。

雖然不知道她的出身，若是西方邊境的人，應該都會聽過這位豪傑的名字。

儘管威望不及勇者，在這一帶說到面對怪物百戰百勝的人，就是這個男人。

狩獵魑魅魍魎及不法之徒，堆起來的首級和尊敬，正是銀色光輝的證明。

單純愛炫耀本事的魯莽漢可達不到這個境界。單純的濫好人亦然。

聽說還有人找他去當近衛騎士，不知道是真是假——若對象是這男人，倒是可以理解。

出現在童話故事和吟遊詩人詩歌中的英雄，笑著對她說「多多指教」。

青澀的少女會有這種反應很正常，他好像沒發現魔女正帶著無奈的笑容。

「好了，老闆在哪裡……」

然而，長槍手似乎就這樣對少女失去興趣。

不，沒有失去興趣，應該是只要她不再說什麼，他就不會主動干涉。

他以看不出是全副武裝的動作，穿梭於狹窄的貨架間時。

「那、那個……」

讓他停下腳步的，是有點微弱，簡直像呼吸聲的輕聲細語。

少女握緊拳頭，似乎在後悔叫住他，卻只有視線對著前方。

魔女微笑著蹲下來，以和她目光齊平。

少女忍不住退後一步，撞到武具架的聲音嚇得她縮起身子。

「怎……麼了，嗎……？」

「頭、盔……」

她緊張得嚥下一口唾液。聲音小得像蟲子在叫，連她自己都覺得羞恥。

「我想……買頭盔。」

魔女一語不發，長槍手也是。有時沉默也可以催促對方繼續說下去。

「我認為，有需要。可是，我不希望別人覺得……是因為有人這麼說，我才來買的。不過……」

買了會讓對方覺得她聽了自己的意見，不買導致失敗的話，又會被笑「早跟妳說過了吧」。

看到這女孩的模樣，可以想像她來到這裡前，八成被調侃了一番。

——哎，不能怪她。

這種瘦弱的小姑娘說要當冒險者，大部分的人都會笑。

不是對錯問題。講出來就是會被笑。

——但她還是來到這裡了，所以算中下。

光是遭到嘲笑還沒放棄，以冒險者來說就夠有前途。

僅僅是因為被笑就放棄的人，大多活不下來。

「隨便妳。」

因此，長槍手冷漠的語氣，恐怕是他親切的表現。

「那是妳交託性命的裝備。如果要問該由誰負責，只會是妳自己喔？」

沒戴頭盔，搞不好會被小鬼或巨人或山賊擊碎腦殼而亡。

戴了頭盔，搞不好會被理應無害的食鐵怪從頭一口吃掉。

沒戴頭盔，搞不好會被從頭上掉下來的黏菌融掉臉部。

戴了頭盔，搞不好會有黏菌掉下來鑽進鐵盔窒息而亡。

戴不戴鐵盔，暴露在紅龍吐出的瘴毒及熱風下都會死。

無論如何，死的都是這女孩，絕對不是指著她笑的人。

「那些傢伙只會愛講什麼就講什麼，不會負責，就是因為不會負責才會愛講什麼就講什麼。」

做什麼都一樣。長槍手只丟下這句話，輕哼一聲。

少女沉默了一會兒，然後像在反覆咀嚼什麼般，點點頭。

「那個……」

「什麼，事……？」

魔女莞爾一笑，凝視少女的臉。這次，她也直盯著前方回望。

「謝謝……您。」

我再考慮一下。瘦弱的小女孩這麼說，向她鞠躬。

然後被長劍的重量害得差點跌倒，但她還是抬起頭。
她又認真看了頭盔一眼，再度於工房內徘徊起來。
那邊的架子，這邊的架子，小小的身影消失在架子後面時——
「……上了年紀，會不小心睡著咧。」
店長打了個小哈欠，睜開一隻眼望向兩位冒險者。
「我還以為你肯定死了。」
「哪可能。就算快死了我也在做生意，鋼的祕密也還沒解開。」
他冷淡地將長槍手的諷刺置若罔聞。玩笑話是冒險者的朋友。比起那個，現在重要的是做生意。
「所以，今天來幹麼的？」
現在他們也不會用到店裡的武器防具。
只有那個怪人，才會到了銀等級還買那種東西。
這樣的話，可以推測應該是其他裝備——
「要出，遠門……所以，來買……外套。」
「機會難得。買件新的也無所謂吧。」
世上也有能抵禦寒冷，能在冰上行走的魔法長靴。
但這跟那是兩碼子事——冒險者同樣會注重外觀。

更進一步地說，也有人討厭自己亂七八糟穿了滿身魔法裝備，打扮得跟冬至的路樹一樣。

因為只要是稍微有點能力的術師，仔細觀察就能輕易看出魔力的光芒。

考慮到要隱密行動或潛入的情況，魔法裝備也是有好有壞。這對冒險專家而言是常識。

「我這邊進的貨，比都市過時一些喔。」

「重點不在流不流行過不過時，是這傢伙喜不喜歡。」

「哎，畢竟她可是穿什麼都好看的大美女。」

魔女高興地瞇起眼睛的模樣，真的讓人不知道眼睛該往哪擺。會忍不住想算她便宜一點。

工房老闆丟下一句「等我一下」，從倉庫裡拿出外套。

有毛皮外套，也有其他各種質料的。花色不同，大小也不同。

店長將它們放到櫃檯上，給魔女挑選。

男人對女人的服裝指指點點，未免太不識相。

——她有疑問的時候再回答就行。

「要出遠門的意思是，你們不參加那個採險競技囉？」

「我們沒幼稚到會想在新人面前逞威風，也沒老到要去指導新人。」

長槍手甩甩手，結束這個話題。

「再說，那傢伙的迷宮我已經探索到膩了。」

「呵、呵……」

魔女將外套拿在胸前比較，不時實際試穿，露出微笑。

長槍手瞄了那抹笑容一眼，說「黑色滿好看的，白色也很適合妳，不錯啊」。

工房老闆看著兩人，忽然皺眉問道：

「對了，我家那小子在幹麼？」

「噢，他被酒館的女孩帶走了。不曉得是要他幫忙試吃新作還是吃剩飯。」

「看到他的話，告訴他我氣得要命。」

「看到他的話。」

「嗯，看到他的話。」

長槍手咧嘴露出頗有深意的笑容。

工房老闆當然沒有理會。以為看穿了自己的想法，這個小夥子還早十年咧。

「那……我、就……買，這件……囉？」

不久後，魔女選了件白色毛皮外套抱在胸前。

「那我們去冒險（約會）了。」

長槍手點頭，把金幣扔在櫃檯，颯爽邁步而出。

「……什麼約會啊。」

真是做作的說法。老翁目送打開店門的熟練冒險者離去，嘆了口氣。

真不想變老。

他忽然——想起好幾年前來到這家店的年輕人。

不會識字不會算術，在懵懂無知的情況下拿著一根長槍就從鄉下跑過來的小夥子。

或是用故作鎮定，裝模作樣地走在路上，緊張得握緊手杖的小丫頭。

——兩個都是中下。

他輕輕哼了聲，以免被選好頭盔的少女聽見。

第4章 『才不怕充滿致命陷阱的地下迷宮呢！』

Death Trap Dungeon

時間流逝的速度宛如隨風飄舞的樹葉。

遺跡內出現一座迷宮，消息傳到附近的村莊，商人們準備擺攤。

漫長的冬天，許多人必須待在家裡度過。又暗又安靜，嚴峻的季節。

面對那個快速到來的季節，如果有個稍微有點意思的活動，人們自然會蜂擁而至。

神奇的是，等到那一天終於到來，連早上刺骨的寒意都會帶來些微的愉悅。

牧牛妹抱住身體叫冷，鑽出被窩。

「不過還是很冷……」

——希望今年冬天不要太冷。

去年冬天異常漫長，她也被捲入了各種事件，總之就是很冷。

在寒冷的天氣中行動真的很難熬，所以快點換衣服吧。

她穿上前陣子剛織好的毛衣和工作服，把脖子上的護身符放到衣服底下，以免遺失。

紅色鱗片像在燃燒似地閃閃發光，有點溫暖，大概是錯覺。

她打開窗戶，讓光與風進到室內──

「……哦？」

沒看見他。不，正確地說是感覺不到他的氣息，還是該說他已經出門了呢。

腳印清晰地留在結霜的地面上。大剌剌的粗魯步伐。

──嗯嗯。

看來是因為想踩霜柱才特地早起──開玩笑的。

當然，他們已經長大了，不過她記得他小時候確實會這樣。

「意思是……」

牧牛妹穿上長靴，躡手躡腳走到屋外。

食堂的金絲雀(Canaria)輕輕叫了聲，一副想睡的樣子，早餐請牠再等一下吧。

家畜──嗯，照理說還不會有問題。

有趣的是，馬廄比人住的地方更溫暖，糧食更加充足。

她置身於冬天早上特有的白色空氣中，站起來對手哈氣，望向天空。

然後喜孜孜地踩著他還沒踩的霜柱，沿著腳印走。

雖然用不著這麼做，她也知道目的地，但這跟那是兩回事。跟著他走很有趣。

她抵達他借住的倉庫。碎掉的霜柱起於此處，又回到此處。
牧牛妹輕輕推開門。木門吱呀作響。天氣冷，沒辦法。
「看，果然。」
她扠著腰，故意嘆氣，發出冷淡的聲音。
「……唔。」
不知道該說不意外還是如她所料。他坐在倉庫最深處的工作桌前面。
全副武裝的模樣，在這冰冷的天氣中看起來非常冷。
「早安。」牧牛妹的語氣中帶有一絲諷刺。「你睡不著對吧？」
「不。」他回答得很快。她忍住笑意。「姑且算有睡。」
「你的話真的是『姑且算』。」
聽見那像藉口的說法，她無奈地嘆氣。然後反手關門。
她很清楚個中原因，不過若他想蒙混過去，這麼做應該是可以被原諒的吧。
冬天的災難使他們在意料外的情況下寢食與共一段時間，回想起當時的記憶，真的是「姑且算」。
——雖然也是因為當時是緊急狀況。
這次的理由當然不同。
顯而易見。

有種腦髓在大腦裡輕飄飄地晃蕩的感覺。

或是睡不著的日子，早上吃到的早餐的味道。失眠時看見的黎明。

大腦清醒，目光銳利，思考迅速，卻通通沒有目的。

必須做些什麼，以仔細、迅速的動作，行動卻有點隨便。

他應該會結束冒險回家的當天早上，牧牛妹也會產生同樣的心情。

也就是——在期待吧。

「那你今天要做什麼？」

「在迷宮裡負責指揮。」

牧牛妹又問了一遍決定舉辦這場活動後，不知道問了第幾遍的問題。他規規矩矩地回答。

她回了不知道第幾次的「是喔」，走近他。

然後坐到他旁邊，隔著毛衣感覺鎧甲的冰冷。

牧牛妹不怎麼討厭這冰冷的觸感。

「說是主持人可能比較正確。迷宮之主（Dungeon Master）……競技之主（Game Master）。」

「責任重大。」

「我是這麼認為。」

原來如此，是這個呀。看見他點頭，牧牛妹確定了原因。

難得歸難得，每個人都會有這種時候，沒辦法。是前所未有的經驗。

「會緊張很正常。」

牧牛妹笑著輕聲說道，他沉默了一瞬間，勉為其難地接著說：

「……說實話，我沒什麼事可以做。」

「因為這個委託來得很突然嘛。」

「不……」他沉吟著。鐵盔左右搖晃。「不，不是。」

接著再度陷入沉默。不知道是在傷腦筋，還是在思考。

——一定是都有。

她坐在倉庫冰冷的地上，抱住雙膝。

然後把身體靠向一旁，將體重壓在他身上。鎧甲微微晃動，但還是承受住了她。

不久後。

「我在想，我訓練出的技術原來只有這麼一點嗎？」

他終於喃喃說道。

思考小鬼的戰鬥方式，以此為基礎配置小鬼，設置陷阱。

那就是一切。看著遺跡地圖絞盡腦汁，思考，得出一個結論。

「我至今累積的一切，果然沒什麼大不了。」

——虛有其表。

聽見他的真心話，牧牛妹「嗯——」傷透腦筋，結果只能這麼說。

「這是你的壞習慣。」

——真是的。在奇怪的地方沒自信。

她靠在他身上發著呆，面向小窗外面遲來的朝霞。

明明碰到他覺得做得到的事，他就不會猶豫。不對，是裝成不會猶豫嗎？

固執的脾氣真的完全沒變。虧我常常覺得他很可靠。

不過到頭來，在他心中大概半點能把事情做好的自信都沒有。

她冷得挪動身子，又往他身上靠了些。

「那個是叫桌上演習嗎？」記得應該是。「你不是用它試過好幾遍了？」

「不代表正式來的時候也會順利。」

他乾脆地說。

「時常如此。」

「不安的時候，別人怎麼說都沒意義呢。」

因此，她故意語帶諷刺，彷彿要拒絕與他對話，他果然沉默了。

牧牛妹覺得既懷念又高興，瞇起眼睛。

跟以前一樣——可是，當然也有許多不同。

例如，如今的她馬上就能好好道歉。

「對不起，對不起。這樣的話，只能把現在能做的事做好了吧？」

「能做的事嗎？」

「對，所有能做的事。」

「……」他低聲沉吟。「例如。」

「這個嘛……」

牧牛妹噘起嘴巴，輕輕吐出一口長氣。

白煙裊裊飄升，消失於晨光下。

看著它飄散後，她「嗯」用力點頭。

「先吃飯吧！」

「吃飯嗎？」

「就是因為你沒吃飯就在這麼暗的地方做事，才會一直往壞的方向想。」

她驕傲地挺起豐滿的胸部，如此斷言。

——今天稍微強硬點吧。

畢竟是難得的好日子。跟過去自己穿上藍色洋裝的那天一樣。

牧牛妹探出身子，由下往上窺探他的鐵盔。

「還要把鎧甲和頭盔擦乾淨！」

「唔……」
低沉的咕噥聲。他在傷腦筋，他在傷腦筋。牧牛妹露出淘氣的笑容。
雖然因為面罩的關係，看不見底下的雙眼，她知道他在看這邊。
「因為，今天的工作不是剿滅哥布林吧？」
「……是沒錯。」
「你可是了不起的銀等級冒險者。」
——不打扮得帥一點，我會很頭痛。
就算他裝備的廉價感已經無可救藥，髒兮兮的可不行。
「嘿。」
她拿起工作桌上的碎布，伸出手。
接著從旁抱住鐵盔，使勁擦拭，把鐵盔擦得左右搖晃。
如同一隻任小孩子抱著自己玩的大狗，挺有趣的。
牧牛妹拋棄矜持，愉快地擦掉不明的黑色髒汙。
對了，換成他以前戴過的有角頭盔如何？角斷掉前的那種。
「我不會換頭盔。」他回答得很快。「不過，外觀方面的意見，我會聽。」
除了剿滅哥布林的時候。這個回答她也覺得很好笑，笑出聲來。
雖說今天比較早起，有很多工作要做，還有一堆事。

© Noboru Kannatuki

舅舅肯定會配合今天的活動又出去擺攤。例如那個駱駝奶。

沒人知道會不會順利，但不試試看就不會有開始的一天。

在與他重逢後的這幾年──她深深體會到這個道理。

「……哥布林。」

「嗯──？」

牧牛妹貼在他身上，他忽然低聲說道。

「妳覺得，哥布林會出現嗎？」

奇妙的語氣。像疲憊，也像小孩子詢問大人的語氣。

彷彿在相信她的回答肯定會成為事實。

既然如此，她能給予青梅竹馬的答案，只有一個。

「希望不會。」

她輕輕用手掌撫摸恢復成黯淡銀色的頭盔。

他沉默了一會兒，總算說出一句話。

「……是啊。」

§

櫃檯小姐個人認為，光是整理好儀容就會打起幹勁。

她努力克制住想去檢查各種事項的衝動，提早睡覺，提早起床。

隔著石造建築物竄進來的寒氣，冷得她發起抖來，鑽出床鋪。

將室內鞋（slipper）套上光著的腳丫子，輕輕把手指探進窗簾底下，拉開一條縫。

往窗外一看，天空仍是黎明時間的藍黑色，櫃檯小姐點頭心想「原來如此，這就是所謂的群青色嗎」。

尚未聽見寺院的鐘聲，從天空的顏色判斷，順利在目標時間醒來了。她握緊拳頭。

該做的事有吃飯、整理儀容、換衣服、出發共四件。以及檢查行李。也就是五件。

——這種時候食堂（Bar）真的很方便。

她在昨天事先買好晚餐了，櫃檯小姐於內心稱讚有先見之明的自己。

即使只是一點小事，稱讚自己很重要。否則不會有自信。

換好衣服再吃的話可能會弄髒，櫃檯小姐便穿著睡衣將料理端上餐桌。

「我看看，加蜂蜜的麵包，水煮蛋和餅乾……再來點葡萄酒。」

她將餅乾裝在另一個盤子，坐到椅子上，雙手合十閉上眼睛。

「甕之星桌前的棋手們啊……」

從至高神到交易神到地母神到知識神，所有的神明，最重要的是戰女神大人。

感謝您們讓我們日日得以果腹，迎接今天的日出。還有——

——請讓今天的活動順利進行……

由於忙碌的關係，她平常不太會祈禱，是個不虔誠的信徒，但她在老家可是受過良好的教育。

可惜她從未蒙神賜予神蹟，不過她還是懂得祈禱的方式。

她不覺得向「宿命(Fate)」及「偶然(Chance)」祈禱是無意義的。

沒有人的人生會不被它們左右，所以才會發生意想不到的事態。

必須對諸神表示敬意。

因此她祈禱，她們是祈禱者(Prayer Character)。

「好，開動吧……！」

——雖然一大早就吃這麼快很不雅……

時間充裕不代表可以悠悠哉哉。

即使沒有其他人，也有神明在看，櫃檯小姐盡量優雅地迅速吃完早餐。

祈禱儀式告一段落。剩下的準備工作，就加快速度卻細心地完成吧。

她立刻脫掉睡衣，將內褲從描繪出美麗線條的臀部拉到腳掌。

然後把勾到腳尖的內褲扔進籃子，將水瓶裡的水倒進琺瑯製的洗臉盆。

她把手伸進去，被水冰得身體一顫，告訴自己要忍耐，洗淨臉龐。

順便把手巾泡進去浸溼，仔細擦掉身上乾掉的汗水……

「接著是這個……」

她隨手把手巾掛在衣架上，拿起放在化妝臺的香油瓶。

「呵呵……好香。」

從數瓶香油中選出喜歡的，拔掉塞子聞香。光這樣心情就好了起來。

家人送來當禮物的昂貴鏡子映出她的身影，櫃檯小姐將帶有重量的濃稠香油倒在手心。

「嗯……！」

香油一接觸到肌膚，冰涼的觸感就令她叫出聲來。她忍住聲音，塗抹四肢。

雪白無瑕的肌膚、穠纖合度的身材，需要付出相應的努力來維持。

這是她每天勤奮地控制飲食和做體操所雕塑出的自豪身軀。保養起來很愉快。

「嗯……」

——緞帶(Ribbon)和美女花(Belladonna)的眼藥又該如何是好……

點了會讓眼睛變大變好看，眼睛卻容易乾，她不喜歡。

聽說許多男性喜歡水汪汪的大眼，可是總不能影響工作。

光是眼睛給人的感覺，就會影響她要從喜歡的緞帶中選哪一條來搭配，不過……

今天要一起工作的對象，是不太會介意他人外觀的類型。

「哎，就當作……護身符吧。」

她把緞帶及小瓶子放在化妝臺上，以免忘記，使用各種小工具快速仔細地化妝。

不過也只是淡妝罷了。在臉頰上撲白粉，嘴唇抹上淡淡的口紅。抿了下雙唇，大功告成。

接著從衣櫃裡拿出同樣在昨天選好的衣服穿上。

內衣則是綴有蕾絲的全新品。當然沒意義就是了。

很久以前，她跟那位上森人（High Elf）朋友聊過這方面的話題。

櫃檯小姐穿上內衣，以及合身的襯衫、長褲、長靴。跟平常不同，是外出用的服裝。

儘管到最後都會髒掉，她穿衣服的時候依然特別注意不要沾到妝。

綁頭髮、化妝、更衣的順序因人而異，她也不知道怎麼做是正確的。

只不過，清潔身體、化妝、更衣、整理頭髮，整個過程彷彿在扣上一顆顆鈕釦……

──有種把自己打理好的感覺。

準備就緒後，她站到鏡子前面轉了圈。稍微調整頭髮。

最後她選擇不點眼藥，所以繫了這條緞帶，看起來還不錯──吧，嗯。

「──好……！」

櫃檯小姐對鏡子練習微笑。

不是冒險者，也不是公會職員，迷宮探險競技的主持人在鏡中微笑。

嗯，完美。

自賣自誇也是必要的。今天的自己如果沒自信，要怎麼做好工作？

「筆記本和筆……」

對對對，今天要在外面寫字，因此她選了耐用的金屬尖筆。

櫃檯小姐肩膀上掛著裝了文件及各種用具的包袱，走向門口──

「噢，糟糕糟糕……」

她小跑步跑回去，把緞帶和美人花眼藥收進包袱。

是護身符。雖然不知道派不派得上用場。

她腳步輕快地踏出家門，關上門鎖上門鎖，奔向街道。

© Noboru Kannatuki

街上已經熱鬧起來——意即對眾人而言，祭典的早晨到來了。

§

然而，她卻得在黑暗深處念咒！

三個擁有真實力量的詞彙。

妖術師以手結印，腦中浮現近似抱怨的想法。

下一刻，撒在洞窟地上的骯髒牙齒就開始冒泡，膨脹起來。

化為骨頭，肉與血管相連，接起內臟，長出皮來，令人作嘔的畫面。

整個過程結束後，出現的是十隻骯髒的綠皮膚怪物。

「『法基歐（產生）……密尼史堤阿利斯（僕從）……哥布林（小鬼）』……好了。」

黃眼閃爍凶光的小鬼們，通通對妖術師唯命是從。

儼然是邪惡的魔法師——不過事實上，這些哥布林只是徒具其形。

簡單地說，跟蜥蜴人（Lizardman）創造的龍牙兵差別不大，是沒有自我的人造品（Golem）。

但這不代表可以隨便使喚他們。

對生命缺乏敬意所引發的事件，無一不悲慘。

凡事都會維持平衡，即使是魔法也一樣。大賢人不也說過嗎？

可是，要說「我一路以來看遍了你們凡人(Hume)無法置信之事」(註2)——

——小鬼腦袋不聰明，也不浪漫。

再說，能理解生命價值的話，小鬼就不叫小鬼了。

妖術師毫不掩飾消耗了些許體力及精神力所帶來的倦怠感，靠在石壁上。

她環視周遭，懂得同樣法術的魔法師們，正在製造各自的哥布林。

「厲害。」

身旁忽然傳來甜美的聲音，如一陣微風搔過耳朵，使妖術師背脊發涼。

她瞪向旁邊，女森人(Elf)以美麗得令人火大的姿勢抱著胳膊。

不知為何，妖術師跟她抱怨「妳身上的白粉味有夠重，想點辦法」，這女人卻只會回以笑容。

真的是，煩死了。看起來那麼愉快，也不知道我現在是什麼心情。真的是。

「荒地的大魔王的城堡，都沒那麼壯觀。」

「……講得一副妳看過的樣子。」

「搞不好我真的看過喔？」

妖術師沉默了一瞬間，無奈地回嘴。

註2　電影《銀翼殺手》中羅伊·巴蒂的名臺詞。

「哥布林這種東西，了不起棲息在廢礦山的地窖中吧。」

說起來，小鬼就是無價值的雜兵。妖術師低頭看著腳邊的怪物。

真正的威脅是使喚小鬼的首腦，用剛才的說法就是大魔王或大魔法師。

小鬼一點都不厲害。不偉大，也不構成威脅。

——……意思是，剛才是在稱讚我囉？

「用這招應該可以賺不少錢。」

她還沒發問，女森人就低聲說出一句低賤的話。

這傢伙真的有打算藏嗎？妖術師嘆了口氣。

「妳沒想過嗎？」

「沒想過，也做不到。」

她像在跟不聽話的小孩說話般，不耐煩地回答，似乎放棄開導她了。

她也知道身為學習魔法的人，講話不該那麼粗俗，但沒辦法。

不想花力氣跟講了也聽不懂的人溝通。

體力就該省著點用。尤其是魔法師。

「為什麼？」

女森人卻兩眼發光，有如豎耳聆聽母親說話的小孩。

就是這種地方惹人厭。

「什麼為什麼？」妖術師嗤之以鼻。「那就叫魔法。」

魔法就是那樣。不過愈不懂的人愈愛講一連串道理和理論。彷彿在黑暗中撫摸大象，或是螞蟻害怕大象的腳步聲。八成是非得用自己知道的某種道理去解釋才能放心。

解釋，自以為理解，然後把理解後的自己放在高人一等的位置。實在不想跟那種人打交道。妖術師不悅地咂舌。

聰明的笨蛋和愚蠢的笨蛋比起來，知道自己笨的那一方好多了。

——但相處起來很累。

「其他笨蛋呢？」妖術師懷疑地問。「雖然我不認為他們笨到會把工作扔在一旁。」

「說是要幫妳和我買早餐，順便參觀祭典。」

「得到正當理由的笨蛋是無敵的。」

貼心之舉？是啦。她今天的工作是整天在這配置小鬼。有薪水領就不能抱怨，只能自己碎碎念……

——不過那些人絕對只是自己想逛攤販。

戰斧手和和尚都一樣。問題是旁邊這個奇怪的女人。

「那妳為什麼不去外面？」

「我喜歡地底。」

「喔，是喔。」

妖術師對那隨便的回應毫無興趣，以同樣隨便的態度回應，移動視線。

在老舊的遺跡或洞窟中，指使大量小鬼的魔法師們。

——確實很像某處的城堡或黑暗城寨。

一大群小鬼紛紛走向洞窟深處，他們分配到的位置。

假如那裡面混有真正的哥布林，應該不會有人發現。

她自己也是。即使是有智慧之人，終究只有這點程度。

這種事該交給專家，不該由外人胡亂推測。

畢竟這次的活動策劃人是小鬼殺手，而且疲憊不堪的魔法師根本派不上用場。

——再說，就算發生意外也不是我該負責的。說不是就不是。不是。

「順便跟妳說一下。」

幹麼。妖術師沒有出聲，用眼神詢問同一個團隊（Party）的夥伴。

「白粉是我的興趣。」

這人在說什麼？妖術師瞇細眼睛。

管她皮膚是什麼顏色、要塗成什麼顏色，對妖術師而言無關緊要。

她一點都不關心。活在四方世界的人太多了，沒心力關心。

不如說會對她指指點點的人更難纏，不想跟他們扯上關係。
既然是興趣，愛怎麼做就怎麼做不就得了。她真的發自內心覺得無所謂。
「……是嗎？」
所以，妖術師深深的嘆息，與這句話一同飄向黑暗深處，消失不見。

§

遺跡前面聚集過這麼多的人嗎？
女神官和王妹看著被清晨薄霧籠罩的白色景象，牽著手杵在原地。
天氣仍帶有寒意，又吹著風，人潮卻多到無法驅趕。
可是，裡面幾乎沒有庶民——不會跟冒險扯上關係，純粹是來參觀的人。
除了販賣炙燒狗肉貓肉雞肉，還有點心和酒的商人外，全是冒險者。
不——大部分都是該以冒險者志願者稱之的，連新手都算不上的人。
他們穿著自己的裝備，看起來有點興奮，四處走動。
當然，世上有許多貧民、孤兒是因為無法餬口才來當冒險者。
冒險可不是小孩子的扮家家酒，不過——這也是一種不同的觀點。
無時無刻都需要讓人們知道冒險者是怎樣的職業，招募更多的冒險者。

——以前的我應該想都想不到就是了。

王妹暗自竊笑。她本來覺得這種事是宮廷和寺院在揮霍金錢。想讓人把自己的話聽進去，擁有地位很重要。

想吸引人潮，引起他人的興趣很重要。

骯髒寒酸的人在講述複雜無聊的知識，誰會有興趣？

「雖然跟王都的祭典大概沒法比……」

「比這個幹麼！」

因此，王妹乾脆地回答靦腆笑著的女神官——她所尊敬的她。

手中的錫杖隨著激動的動作，發出清澈的鏘啷聲。

跟過去不同，能穿著自己的裝束待在她身邊，她感到十分喜悅。

自己正踩在曾經犯下的錯誤上繼續前進——她覺得很驕傲，這樣應該是對的。

「不過，想當冒險者的人真的很多耶。」

「對呀。」女神官點頭。「每年都有不少人來登記。」

「哥哥說，以前好像有段時期幾乎沒新人——」

王妹想像起從他人口中得知的遙遠往昔。

傳說中的死之迷宮——源源不絕的財寶，以及蜂擁而至的冒險者的逸聞是例外。

這麼一想，四方世界中果然還存在對冒險和冒險者沒興趣的人吧。

既然如此，這種活動絕對是必需的——

——我得看到最後，仔細觀察，讓活動順利進行。

王妹重新下定決心，點點頭，忽然被攤販的冰品吸引，停下腳步。

曾經有人進貢用牛奶製作的冰品，所以她知道嘗起來是什麼滋味，但這裡賣的香氣有點不同。

她感到疑惑，詢問店長，店長說是用異國野獸的奶做成的。

——有新東西是好事。

「請給我一份。」

「好。」

年邁的店長以符合外表的粗俗態度點頭，將放在餅乾上的冰品遞給她。

王妹接過用銀幣買來的甜點，小跑步跑回女神官身邊。

女神官似乎認識店長，輕輕向他點頭致意，王妹則先嘗了一口。

又冰又甜。味道具層次感——什麼叫層次感？——吃起來卻很清爽。

不同於羊奶和牛奶的甜味，結論就一句話。

「……好吃！」

「太好了。」

旁邊的女神官微微一笑。

王妹津津有味地享用極為珍貴的零食，突然想到什麼，歪過頭。

「要不要吃一口？」

「呃……」

她遞出木湯匙，女神官目光游移，點了下頭。

「那我不客氣了……」

她害羞地將王妹遞給她的木匙上的冰品送入口中。

「嗯……」

然後用舌頭品嘗它的甜味，微微泛紅的臉頰浮現笑容。

與姊妹一樣相似，卻與姊妹一樣不同的兩人，相視而笑。

冬天吃冰也別有一番滋味。

冷得不得了，讓人想吃溫暖的東西——也就是會想去逛其他攤販。

夏天就該享受夏天的炎熱，冬天就該享受冬天的寒冷。不曉得是出自哪位詩人之口。

「是說好意外喔——」

兩人在內心解釋這是在視察，結伴在遺跡前面散步。

由於這是過冬前的活動，來自開拓村、對實力有信心的年輕人，格外引人注目。

女神官呆呆看著推測是從倉庫翻出來的嶄新裝備，問：

「意外什麼？」

「那個，就是。」王妹思考著該如何表達。「哥布林殺手。」

她不懂得分辨冒險者裝備的好壞，就算這樣還是看得出來。

那個冒險者的裝備，比參加者更加寒酸。

「那個人說要用魔法製造哥布林，拿來當目標。這個主意竟然會被採用。」

「咦。」女神官眨眨眼。「因為，那不是哥布林吧？」

她的語氣，聽起來像在真心疑惑王妹怎麼會講這種話。

「不是哥布林嗎……？」

「不是哥布林喔？」

女神官的回答沒有一絲猶豫，極為肯定。

這句話聽起來好像完全正確，又好像不太對。不，問題不在這裡。

——這個人，原本是這種感覺嗎……？

王妹感到一陣暈眩。大概，一定，是剛才吃的冰品害的。

不是因為直接促使自己成為神職人員的人物，露出了意想不到的一面。

——嗯。

她點了下頭，望向周圍要參加競技的人，以尋找其他話題。

再說一次，長久以來都在宮廷裡生活的王妹，無法判別冒險者跟裝備的好壞。

然而，還是有人吸引了她的目光。

例如，沒錯。那邊的三人團隊(Party)如何？

「可是……讓我以頭目(Leader)的身分參加，實在有點。這樣好嗎？」

「……魔法師當頭目(Leader)很稀奇啊，總不能叫這個人當吧。」

「欸，這樣講會不會太過分？」

「我說，沒有比妳更引人注目的人了。」

「……比起品行，行為舉止的問題更大。」

「嗯——雖然無法接受，算了。欸，我想在開始前吃點東西——」

裝備藍色布甲，背著一把劍的戰士、身穿淡粉色外套的魔法師、身穿綠衣，手拿鐵槍的——

「啊！」

「嗚！」

哪一聲驚呼是誰發出來的，這種時候就先不討論了。

王妹和綠衣戰士——黑髮少女，一見面就停止動作。

哦？女神官疑惑地轉頭，她肯定覺得這個畫面很奇怪。

因為自己該接待的王妹，跟三名陌生的冒險者僵在那邊。

「怎麼了嗎……？」

她有哪裡做錯了嗎？對她的困惑做出反應的，是黑髮少女。

「公、公主──」

黑髮少女話還沒說完，魔法師就毫不客氣拿杖往她的側腹戳下去。

「──好、久、不見……耶!?」

「咦，啊──」

女神官不知所措，視線飄忽不定。好久不見。之前見過面嗎？什麼時候？她是哪位？

成為冒險者前，她在寺院為人服務，所以遇過很多人。

更何況成為冒險者後，她就來到了俗世，與更多人產生交流。

連記憶力優秀的她都愣了一瞬間──不過，女神官很快地雙手一拍。

「之前在收穫祭時的……！」

對，沒錯。當時她配合祭典的氣氛穿得很華麗，而且是單獨行動。

重點是，黑髮少女在那之後長大了一些，變得成熟幾分。

因此她沒能馬上聯想到，但不會有錯。

女神官臉上綻放笑容，緊緊握住少女的手。

「幸好妳沒事……！那幾位是妳說的朋友……？」

「嗯！」黑髮少女展露燦爛如太陽的笑容。「寶貴的朋友！」

這句話太過直接，反而是被稱讚的人會感到難為情。

少女身後的魔法師拉低兜帽，戰士則害羞地搔著臉頰。

這溫馨的畫面令女神官揚起嘴角，真希望自己也能對夥伴坦言。

「那麼，這次是要跟朋友一起參加探險競技囉？」

「嗯、嗯。嗯！對，沒錯！這次就是，那個，測試自己有多少能耐的感覺！」

「原來如此……！」

女神官將她有點激動的語氣理解成是在緊張，頻頻點頭。

儘管不知道眼前這位少女的等級，每個人步調都不一樣。

女神官明白自己運氣很好，被銀等級包圍著。

正因如此，她更不會想拿別人跟自己比較。

若她跟最初的同伴以同樣的步調行走，現在她會走到哪裡呢？

不管對象是誰，這應該都不是可以隨便想像的事。

就算有時會忽然想起，陷入消沉——

「對了。」

女神官努力用輕快的語氣說道，以驅散深深於內心扎根的沉重心情。

© Noboru Kannatuki

「沒想到妳們認識。」

「咦，啊，對、對啊！」王妹點點頭，然後改口說道。「是呀！」

她的態度雖然緊張，措辭卻並不拘謹，女神官頓時感到放心。

遇到被小鬼抓走這麼不幸的事件，還能表現得活潑開朗，難能可貴。

她重要的朋友女商人也是。向前邁進的速度，果然也因人而異。

然而，前進絕對不是壞事。照理說。

「……該不會是擅自跑出來的吧？」

因為，瞧。看看被魔法師瞪了一眼的王妹吧。

「不是不是，不是啦！」

急忙揮手的模樣，簡直像被朋友抓到偷吃的孩童。

——沒錯，是朋友。

「哎，那就好。」

戰士不知何時握住了背上的銅劍，半信半疑地吐出一口氣。

「請您別讓人操心。」

「這次是正式的工作。是——工——作——」

莫名遭到懷疑的王妹抱怨的模樣，看起來像在跟年紀大的朋友撒嬌。

——我在別人眼中也是那樣嗎？

女神官突然想到自己和那位上森人朋友，苦笑著心想「控制一下好了」。

「而且我聽姊姊說過，妳小時候迷過路！」

「既然您聽說過這件事，請不要因此得意洋洋，反省一下，懂得自重。」

「唔唔唔……」

被駁倒的王妹悔恨地呻吟著，女神官終於忍俊不禁。

脫口而出的笑聲宛如波紋，在一行人之間擴散開來。

他們先是愣了下，然後立刻像浸潤在柔波中似的，跟著笑出來。

所以，用不著多少勇氣，女神官便說出接下來這句話。

「那個，方便的話，等等的活動四位要不要一起參加？」

「可以嗎？」

王妹納悶地問，女神官點頭回答：

「是的。實際上，之後的行程只有等活動開始，大家進去探索，看看順不順利而已。」

「我不是在問這個。」王妹擺擺手。「我看過一堆機關耶。」

「沒有通通給妳看過呀？」

而且看過不代表能破解。女神官果斷地說。

因此，看到王妹表情有點僵住，女神官判斷她應該是還有顧慮之處，補充道：

「又沒有犯規。請妳不用放在心上。」

「咦，啊……嗯。那就好……吧。嗯，大概。」

「啊，當然要各位不介意。」

雖然應該不用擔心，這是最重要的，女神官便詢問三位冒險者。

即使是迷宮探險競技，忽然有新成員加入，也會影響團隊合作。

大多數的熟練冒險者，不會特地無償幫忙指導新人，也是基於同樣的理由。

很少有人敢帶一、兩個拖油瓶探索危險的場所。

「……我無所謂。」

所以，魔法師比其他兩人更早下決定的時候，女神官鬆了口氣。

「不如說那樣更好。某種意義上來說，衝進漩渦中心是最安全的。」

「嗯嗯嗯。我負責的只是在最前線戰鬥，所以都可以。」

戰士神情嚴肅，卻不反對的樣子。

也就是說，決定權掌握在剩下那人手中——

「那就這樣囉！」

扛著鐵槍的少女露齒一笑。

「今天跟我一起冒險吧！」

「咦，啊……」

王妹似乎不知道該做出什麼樣的表情。
她愣了一會兒，最後選擇的是愉快的笑容。
「……那麼，請多關照！」
「嗯！」
看見兩人和睦地交談，女神官再度鬆了口氣。
——這樣就沒問題了。
她隱約有股預感。肯定會一帆風順。無論是這場活動，抑或其他的一切。
她這次做為哥布林殺手的團隊(Party)，負責幕後工作，體驗到了樂趣，不過……
——參加競技的那一方，果然也很愉快。
王妹是來參觀的，並沒有直接參與策劃活動。
光在旁邊看，再怎麼有趣都比不過實際參與其中。
所以，這樣一定是對的。
「那她就交給我們照顧了。」
女戰士溫柔地瞇起眼睛，看著聊得不亦樂乎的兩人，抬頭挺胸說道。
那個動作帥氣又美麗，女神官想到故事書裡英姿煥發的騎士。
說到女騎士，女神官還認識一位對她很好的人，但她的美又是不同的風格。
她心跳加速了一瞬間，因此她挺直背脊，以免出糗。

「是！」女神官深深一鞠躬，按住帽子。「麻煩了！」

接著寒暄幾句，聊了一些瑣碎的小事，重新確認各種相關事務。

最後，女神官告訴她們登記處的位置，忽然覺得有人在叫自己，抬起頭。

仔細一看，妖精弓手在遠方朝氣十足地揮手呼喚她。

——我也該走了。

「那我先告辭了。」女神官向四人道別，王妹神采奕奕地回答「等等見！」。

她奔向友人的所在地，發現拍在臉頰上的空氣是溫暖的。

冬天的寒意減弱了。一定是因為太陽升起，陽光從天上灑落。

不知為何，她覺得十分高興。

因此——其實原因不在於此——女神官完全沒聽見轉身面向三位冒險者的王妹說了什麼。

「嗯……所以。」

王妹扠著腰，露出無奈又困擾的表情說。

「勇者大人，請問這次是什麼樣的世界危機？」

§

「您今天好乾淨喔！」

「……是嗎？」

「對呀！」

櫃檯小姐雀躍地說。櫃檯正對著寒風，她卻毫不在意。

因為站在眼前的這名冒險者，那頂廉價的鐵盔變得閃閃發光，皮甲也擦得很乾淨。

不長不短的劍和小圓盾，如今看來也像能帶上戰場的裝備，真不可思議。

至於遍布各處的暗紅色血跡……

——就……睜一隻眼閉一隻眼吧！

讓櫃檯小姐心情變好的關鍵，是隨著開始時間將近，逐漸聚集而來的參加者的視線。

「你看那個人。」

「……銀等級的冒險者啊。」

「他的裝備是不是有點樸素？」

「不對，那是正式裝備吧？」

「幹麼一直戴著頭盔？」

「我聽過他，記得是叫小鬼殺手——」

他們的言詞帶有明確的尊敬之意。

當然應該還帶有多少的輕蔑，覺得他跟自己理想中的冒險者形象有所差異。

不過，話語中確實存在著尊敬及信賴。

只要稍微整理一下儀容，拿出象徵功績的識別牌，人們的態度就會輕易改變。

有好有壞，可是對現在的櫃檯小姐而言，無疑是好事。

因為，直到數年前其他人對他的評價都是那樣！

——不對，現在他也有點被當成「奇怪的人」……

至少以迷宮探險競技的負責人來說，算及格了！

「如何？光憑外觀，別人的態度就會變這麼多喔？」

櫃檯小姐得意地挺起形狀優美的胸部。

「是嗎？」

她當然知道哥布林殺手會給予平淡的回應。

他並沒有做錯什麼。她現在心情很好，所以沒關係。

「我的制服最近也有點變化，感覺是不是不太一樣？」

她一面檢查手中的文件，一面進行準備工作，詢問站在旁邊的他。

幸好因為攤販人潮及參加者的關係，附近人聲嘈雜。其他人大概聽不見他們交談。

「嗯……」他低聲沉吟，簡短說道「看起來挺便於活動的」。

「那就沒問題。」

「嗯，是沒錯啦？」

那種冷淡的答案也在她的意料之中。櫃檯小姐神色自若地看向外面。

穿戴各自的裝備，臉上洋溢期待，根本沒考慮到會失敗的少年少女。

八成會有人嘲笑他們愚蠢，然而踏出第一步，是所有人都擁有的絕對權利。

櫃檯小姐喜歡看他們鼓起勇氣，邁向前方。

更何況——這次可是她設計的迷宮探險競技的參加者。

她會握緊拳頭，想著一定要讓他們滿足也很正常。

「話說回來，有好多人喔！」

「嗯。」

「如果能靠這次的活動讓大家學到一些剿滅哥布林的知識，努力——」

「有困難吧。」

依然是冷淡的話語。櫃檯小姐小聲「唔」了一聲。

沒關係，沒關係。意料之中，意料之中。

「有很多新人沒參加。就算來參加，也會有不少人只想敷衍了事。效果不可能大到哪去。」

新手教育就是這樣。

認真參加的人，究竟有多少呢？

認真參加也不代表能學到更多。

——呃，也就是說……

他是審慎思考過後才回答的。

櫃檯小姐豎起手指抵著嘴唇，陷入沉思，忽然講起久遠的逸事。

「聽說以前還有位領主讓志願者互相殘殺三天，藉此選出競技選手……」

「應該是因為，不做到這個地步就學不會。」

至少要在短時間內讓他們的身體徹底記住的話。

——而且，學會了恐怕也不代表能活下來。

哥布林殺手冷冷說道，想起自己過去的戰鬥，第一次剿滅小鬼的時候。

武具及裝備無法兼顧，武器在密閉空間內卡住，遭到偷襲，中了毒，打破藥水瓶。

從中得到的經驗確實在日後也派上了用場，然而，他不是光憑那次經驗就活下來的。

——真的是，運氣很好。

他認為，自己能走到這麼遠的地方，理由只有那一個。

由自己舉辦一次競技，就能讓所有人存活下來——

——未免太不自量力。

舉不舉辦這場活動，跟他們的成功並沒有太大的關係。

不如說，他可不想成為因為這點小事，就覺得參加者的成功是拜自己所賜的厚顏無恥之人。

「那、那個……」

這時，將兩人從思考拉回現實世界的，是怯生生的細微聲音。

轉頭一看，桌子後面出現一個小小的身影。

戴著褐色皮帽，身材嬌小的黑髮少女。

腰間的長劍和她的身高比起來顯得偏長，有點歪掉，這部分就睜一隻眼閉一隻眼吧。

瞧她緊張得聲音拔尖，非常可愛——但這種時候千萬不能笑。

「請問有什麼事嗎？」

櫃檯小姐跟對待獨當一面的冒險者一樣，溫柔詢問，少女一語不發。

接著，她依然怯生生地咕噥道「我想，參加……」。

櫃檯小姐微笑著拿出事先準備好的空白登記表及尖筆。

「您會寫字嗎？」

「會。」少女說。「雖然……只會寫，名字……」

少女像在拿劍一樣，握緊櫃檯小姐遞給她的尖筆。

然後在登記表上寫了一個字。那稚嫩的字跡，宛如暴風雨或龍捲風繞成的漩渦。

是她的名字。

少女頻頻偷瞄站在櫃檯小姐旁邊穿鎧甲的冒險者，交回登記表。

櫃檯小姐接過登記表，維持笑容，細心地開始跟少女說明。

「迷宮裡面設置了各種阻礙做為測試。有的是敵人，有的是陷阱。」

少女點了下頭。不是因為不知道該作何反應，乾脆先點頭，而是經過仔細的思考。

「突破障礙後，競技監督官會給妳一個通過的證明，請收集那些證明。」

「好的。」

證明，證明。少女反覆咕噥著，表情嚴肅至極。

「這是參加者的記號。用來代替識別牌，請小心不要弄丟。」

櫃檯小姐拿給她一條鮮豔的藍紫色薄布（Scarf）。

少女緊張地接過，慢吞吞地用笨拙的動作將它纏在手臂上繫好。

這時，哥布林殺手看見一縷銀光在她的背包上搖晃。

「提燈（Lantern）嗎？」

「啊……」

少女全身僵硬。大概是慌了，搞不好是以為會被罵。

櫃檯小姐立刻「哎呀」一聲，似乎現在才注意到，緊盯著提燈觀察。

「好棒的裝備。怎麼弄到的？」

「在道具店，買的。」少女嘀咕道。「……黃銅提燈。」

「探索時，空出手會比較好。」

哥布林殺手低聲說道。

「不錯。」

「啊……」

少女拉低皮帽，以掩飾參雜羞怯及喜色的表情。

然後站在原地扭扭捏捏，低頭一鞠躬，如脫兔似地跑走。

櫃檯小姐看著帽子底下的茂密黑髮，終於露出微笑。

「一定是不習慣被人誇。」

「就是那樣。」

鐵盔上下搖晃。他是否也在面罩底下，追尋少女的背影。

「貧窮村莊的小孩，若非農家的繼承人……就是那樣。」

「哥布林殺手先生呢？」

「我嗎？」

他沉默了一會兒。

對話中斷，聚集而來的參加者的聲音，化為無意義的音波於四周飄盪。

不久後，哥布林殺手低聲沉吟。

「我覺得……我不是太能幹的小孩。」

「其他人一定也是那樣看待那孩子。」

是嗎？

他以輕聲呢喃回應櫃檯小姐這句話。因此，她微笑著點頭。

「嗯，是呀。」

好了——迷宮探險競技差不多要揭開序幕了。

§

宛如地鳴的鼓聲響徹四方，緊接而來的是參加者的歡呼聲。

等待的時間固然愉快，同時也令人焦躁、亢奮。

到了解放的瞬間就會刺激情緒，導致人們忍不住歡呼出聲。

櫃檯小姐都站到設置於遺跡入口的臺上了，眾人仍未冷靜下來。

不能怪他們。畢竟等等就要挑戰危險的——至少他們是這麼認為——迷宮。

櫃檯小姐仔細觀察他們，面帶微笑沉默不語。

以貴族身分受過教育的人，都會學到沉默勝於雄辯。

地母神像之所以經常帶著神祕的微笑，也是因為那個表情最適合吧。

正因如此，面對她的沉默與笑容，沉默過沒多久就像漣漪一樣於人群中蕩漾開來，也是理所當然。

最後，聚集在寒空下的冒險者尷尬地面面相覷，閉上嘴巴。

櫃檯小姐看準時機，平淡地——跟站在旁邊的深灰色冒險者一樣開口說道。

「無論是誰，從這座毒牙迷宮生還的人，都能獲得一萬枚金幣及開拓村的永久統治權——」

喔喔。冒險者的視線集中在她身上。櫃檯小姐承受住眾人的注目，接著說：
「——沒有這種事。」
她輕笑出聲。
冷不防的玩笑，使競技參加者們之間緊張的氣氛放鬆下來。
這樣就好了。緊張很重要。可是，放鬆也很重要。在冒險的時候。
「不過，順利攻略迷宮的人會有獎品，請各位務必加油！」
讓參加者打起幹勁、提起興趣後，接下來是簡單的活動說明。
因為所謂的重要事項，不是口口聲聲說這很重要，其他人就會聽。
必須讓人產生興趣，主動願意聽進去。
「請大家探索迷宮，通過考驗，找到數顆寶石，從出口逃離。」
也就是說。
本來會在探索迷宮、遺跡的過程中取得的財寶，正是通過這場測驗的證明。
至於那個測驗是什麼——參加者或許會好奇，然而。
——怎麼可能現在就告訴他們。
眾人竊竊私語，其中也有人大聲詢問，櫃檯小姐卻沒有回答。
她只是笑咪咪地補充：
「如果競技過程中發生什麼問題，競技監督官會前去救援，請放心！」

競技監督官——意即熟練的冒險者。

旁邊那個身穿廉價卻充滿歲月痕跡的裝備的鐵盔男子。

少了那些駭人的髒汙，說他是銀等級確實足以令人信服。

從那身輕裝判斷，是不是斥候（Scout）之類的……？

不，斥候的話裝備太多。可是又不像戰士。武器太寒酸了。

落在臺上的視線參雜困惑，但這不重要。

「……………」

哥布林殺手遵照櫃檯小姐「請您默默站著就好」的叮嚀，一句話都沒說。

他本來就不是會在這種場合高談闊論的類型。似乎並不覺得怎麼樣。

「那麼——現在開始唱名，請按照順序挑戰迷宮！」

被櫃檯小姐叫到的一名少年，意氣風發地吶喊「我先上了！」衝進迷宮。

當事人應該很緊張，腳步卻十分輕率，勇往直前。

冒險者本來就不是膽小之徒可以當的。

慎重是必要的，不過連踏進未知領域的勇氣都沒有的話，根本不用談。

從這個角度來看……

「大家光是願意參加就很棒了。」

妖精弓手沒有漏聽第一位挑戰者的腳步聲，不對，是在那之前響起的鼓聲。

迷宮深處，冒險者們在前往各自的崗位前，看著彼此點頭。

礦人道士和蜥蜴僧侶混在帶著一群小鬼的魔法師之中，看起來也已經準備就緒。

「小心啊。」

妖精弓手奸笑著用拳頭輕敲蜥蜴僧侶的肩膀。

「別不小心被當成怪物除掉。」

「哈哈哈哈，哎呀，洞窟裡竟會有龍。對資歷尚淺之人來說，實乃意想不到的待遇。」

蜥蜴僧侶張開大嘴，哈哈大笑。這個玩笑緩解了冒險者們的緊張。

競技監督官也是會緊張的。

畢竟要以前輩的身分示人，得拿出相應的風範，也不能失態。

「妳才是，默默站著還比較能招客吧？」

在這種重要的場合，礦人道士卻拿起酒大口灌下，跟平常一樣露出狡猾的笑容。

「像嚙切丸就是。」

「別把那個怪人跟我相提並論好嗎——」

妖精弓手也習慣了。她哼了聲不予理會。

身為上森人，光是站著就會引人注目，與自身的意志無關。

——算了，這次的負責人是他，主角就讓給他吧。

「妳是最近才出森林的吧？之後會很辛苦喔？」

「是、是啊……」

妖精弓手忽然跟在角落抱著胳膊的森人冒險者搭話。

前幾天才去冒險者公會登記的她，僵硬地點頭，大概是不習慣。

剛離開森林的森人，通常都不諳世事。

跟她同團隊(Party)的女施法者竊笑著跟她聊天，看來無須擔憂。

「好了——那麼各位，都準備就緒了嗎？」

在遺跡內待命的職員拍拍手，彷彿在計算時機。

脖子上掛著至高神聖印，手拿天秤劍的她——監督官，環視眾人點了下頭。

「不時會有職員來巡視。有什麼問題請確實回報。」

「不用擔心我們混水摸魚啦。」

扛著斧頭的冒險者語氣粗暴地說。

妖精弓手不太記得其他人是做什麼的，但她知道這人隸屬於負責設置陷阱的隊伍。

聽見那帶刺的話語，監督官依然微笑著回答：

「我知道。可是說不定會有人在每場測驗中間的空檔跌倒。」

「啊——感覺就會有那種人。明白了。瞭解瞭解。」

監督官既然指派他做這種工作，代表他不是會給新手志願者造成負面影響的人。

——也就是說，在場的人都是「優秀的冒險者」。

思及此，妖精弓手不知為何非常高興，抖動長耳。

在她旁邊緊張地握緊錫杖的女神官，不曉得有沒有發現這一點。

明明踏著穩健的步伐前進著，卻一直提心吊膽。

然後因為一點小事而得意，又在奇怪的地方謙虛。

——肯定是因為凡人就是如此。

從神代存活至今，閱歷豐富的森人，都無法看透凡人這個種族。

森林裡的老人說圃人(Rare)是了不起的種族，但凡人也不遑多讓。

——既然如此，我身為前輩，得做個好榜樣才行。

不手下留情。又要讓新人感受到冒險的樂趣。可是絕對不能讓他們輕鬆過關。

「先盛大歡迎(Gauntlet)他們一番吧！」

§

那句話成真了。

「唔喔!?好、痛痛痛痛…………！？！？」

第一個踏進迷宮的少年，一踩到地上就被彈起來的木板用力砸中臉。

令人懷疑鼻子會不會被砸爛的劇痛，痛得他忍不住蹲下來，然而，他沒有發現他很幸運。

因為如果換成原本那塊釘著釘子的木板，他肯定會直接被刺死，曝屍野外。

他摩擦著泛紅的鼻子，慢吞吞地前進，這副模樣雖然狼狽，疼痛卻能帶來教訓。

例如，不知道是第幾個踏進遺跡的少女，幸運地碰巧躲過陷阱——

「啊……!?」

因此她一隻腳踩進洞中，被木板夾住，面部朝下摔在地上。

全新的裝備及服裝轉眼間沾滿泥土。有過冒險經驗的人，每個人都體驗過。

「咦，啊，劍……劍在哪裡……!?」

不僅如此，她還在跌倒時弄掉手中的劍，趴在地上到處摸索。

幸好這裡還離入口很近，隱約有點光，背包的提燈也還沒點燃。

火把掉在地上會熄滅。提燈掉在地上會破掉。黑暗是凡人的敵人。

要是怪物在她翹著屁股慢慢找東西的期間襲來，不可能擋得住。

從這個角度來看，在這裡摔倒無疑是運氣好。

話雖如此，這種程度的陷阱在獵人出身的年輕人和森人面前，只是小事一樁。

因為種族優勢的關係，大部分的人都擁有獵兵（Ranger）的技能，能在暗處視物，身體又靈活。

不過，能輕易閃過陷阱的，唯有在森林長大的森人。

在凡人城市長大的半森人（Half Elf），到頭來只是較為敏捷罷了，動作與凡人並無大異。

另一方面，絕大多數的人都能毫不費力地跨越障礙物——雖然僅限於凡人。

參加者中本來就有許多農家的次男、三男，或者類似出身的人。

就算裝備為身體增加了一些重量，對於一天到晚在山野奔跑的人來說，難度也不會高到哪去。

「手、手搆不到……！」

礦人（Dwarf）、圃人或是嬌小的獸人，卻為此傷透了腦筋。

擁有動物的外型，不代表所有人都擅長爬樹。

他們抓住牆壁，以後腳蹬地，搖搖晃晃地往上爬，越過阻礙——

「哇……!?」

然後因為不習慣的動作而失去平衡，從上方摔下來。

「來，抓住我的手……！」

「抱、抱歉，謝謝……！」

在千鈞一髮之際接住他的，是破解不了陷阱，被困在原地的其他參加者。

這場競技不是只有一位冠軍，也有人會在其他人遇到困難時出手相助。

而那並不算違反規則——尤其是在這場競技中，是對自己有利的行動。

俗話說，三個徹頭徹尾的新手湊在一起，也會與知識神有幾分相似。

當然，更多時候是湊在一起的全是愚者，一事無成。

「哼……」

無視聚集起來的數名參加者，嗤之以鼻，走向深處的人就是這麼想的。

然而，那位參加者說不定能獨自攻略迷宮。不試試看就不會知道。

要做什麼樣的選擇，是冒險者的自由。

無論會走到什麼樣的結局，都是那名冒險者的自由。

「哼哼，一切順利。」

而在前方等待他們的第一個結果，肯定會令參加者愣在原地。

通過數個陷阱後，一道人影靜靜從岩石後面走出。

那是美麗得如同異界生物的上森人少女。
她笑咪咪地看著來參加競賽的少年少女，用那雙纖細白皙的手牽起他們的手。
她的行為令青澀的少年──不，連少女都會為之心跳加速，森人少女卻完全沒放在心上。
「來，這是第一個！」
放在手掌上的，是跟小指指甲尖一樣小的寶石碎塊。
拿火把的微光一照，應該就能看出那是藍寶石(Sapphire)。
──雖然是之前冒險時撿到的東西。
冒險者公會買下了那袋寶石，拿來當給參加者的獎品。
實際上跟礦人道士推測的一樣，賣不了多少錢，所以才用作此用途。
但這種事還是不知道、不要說比較好。
參加者們兩眼發光，看著上森人給的寶石，從他們的反應一眼就看得出這個道理。
看見少女靦腆一笑，小心翼翼地將寶石收進腰袋，森人心裡流過一股暖流。
她很清楚，價值這種東西是相對的。
除了當事者，沒人能夠決定什麼東西對他來說是珍貴的。
就這樣，參加者們一步步深入遺跡。

「好了，那來猜個謎吧。」

看見忽然探出頭的礦人，眾多參加者面露疑惑，停下腳步。

留著白鬍鬚大口喝酒的模樣，儼然是童話故事裡的魔法師。

要是惹到他，不曉得會被變成青蛙、塞進石頭，還是轟到遺跡外面——

大多數的人只聽過傳聞及武勳詩裡面的魔法，緊張得繃緊身子。

他們毫不掩飾驚慌失措的模樣，嚥下一口唾液，礦人道士大笑著揮揮手。

「小鬼們，冒險不是只要亂揮武器就好，還得用到腦袋。」

也就是猜謎（Riddle）。

他出的題目用不著多豐富的知識。

而是猜測石像的重量、套盒機關的盒子總共有多少個之類的謎題。

只要冷靜思考，不用煩惱多久就能得出答案。

「喂、喂。怎樣才能知道重量……！」

「我想想，等一下，等一下。加上拿來當原型的凡人一半的體重……？」

好幾個人聚在一起絞盡腦汁。

「那個……這個……」

一、二。也有人扳著手指計算，設法想出答案。

無法通過陷阱的人雖少，在這一關遇到挫折的人卻很多。

有人失落地轉身離開，有人直接放棄，繼續前進——

「解出來了……！」

也有一名少女耗費時間得出答案，臉上綻放笑容。

「好，漂亮！」

她慌張地接住礦人道士扔出的綠寶石（Emerald）碎塊。

拭去額頭上那些讓人誤以為是智慧熱的汗水，收進袋子以免弄丟，邁向前方。

遺跡很大，競技尚未結束。

一個個陷阱和謎語，阻擋在參加者面前。

不過，若要說鬥智比鬥劍還要簡單，絕非如此。

反過來說，也不代表只要有智慧，就能疏於鍛鍊武技。

世上也有類似在碰運氣的機關，例如要人用正確的順序親吻陌生的異教雕像。

冒險過程中，應該也會遇到除了拿起武器大鬧一場外別無他法的狀況。

將來遇到那種困難，才是測試冒險者真正實力的時候。

僅僅是破解了幾個陷阱、幾道謎語，不代表什麼。

立志成為冒險者的人知道，潛伏在遺跡、迷宮、洞窟內的東西，不是只有謎語和陷阱。

也就是——

「GROOROGBB……！」

哥布林。

數隻醜惡的小鬼以有如操線人偶的動作逼近。

若是已經有過冒險經驗的人，小鬼的威脅不值一提，對於徹頭徹尾的新手而言卻並非如此。

就算知道是最弱的怪物，要獨自對抗他們還是會緊張。

黑髮少女亦然。

她以十分僵硬的動作，拔出與那嬌小的身軀不相襯的長劍。

她卻無法承受劍的重量，看起來像小孩子懸掛在劍上。

「GBBRG……！」

「GOROOGG！！」

「嗚……」少女後退一步，下一刻「……喝！」吆喝著揮劍。

她應該有練習過，可是動作依然大到整個身體彷彿要從手臂被劍拉過去。

幸好遺跡通道寬敞，劍刃不會被石壁卡到，卻也砍不中小鬼。

少女的身體被劃過空中的長劍拖走，嚴重重心不穩，踉蹌了一下。

不是被躲開，只是沒砍中而已，這樣不行。

少女的臉因緊張、興奮、羞恥而泛紅，深吸一口氣，向前跨出一大步。

「嘿、咻……！！」

這一劍要稱之為二連擊，尚且太過拙劣，應該要叫它空揮後的一劍。

可是那把優點只有樸素的長劍，這次確實命中了矮小的哥布林。

劍刃從肩膀陷進身體，劈開他的胸膛，黑血四濺。

「GORGGBB!?」

小鬼發出含糊不清的哀號——然而，這一擊砍得太淺，不構成致命傷。

但這些小鬼是魔法做成的人偶，沒有自我，沒有靈魂，算不上生命。

即使只是一道小傷，只要他們認為自己已經死了，就會瞬間崩解。

滾燙的泡沫、黏液塊噴到地上，不留原形。

「成功了……！」

不過這麼快就鬆懈下來，可見她果然還是個外行人。

「GOROOGB！！」

「哇，啊……!?」

因為她遇到的小鬼不只一隻，戰鬥尚未結束。

小鬼跳過屍體撲向她，使勁撞在少女用衣服包覆住的胸部上。

少女立刻跌坐在地，痛得皺眉。

其實並沒有那麼痛。臀部感覺到的冰冷，以及滲進綁腿裡的黏液反而更令人不

© Noboru Kannatuki

快。

「可惡……！」

她搖搖晃晃站起來，再度用力揮劍。咻、咻，只有聲音聽起來很有氣勢。

雖說是人偶，連哥布林大概都不會被這種攻擊擊中。

小鬼輕易閃過，少女緊緊抿成一線的嘴唇歪成了「ㄟ」字形。

她氣得不停揮劍，砍中岩石，傳來喀喀喀的響亮聲音及手感。

「可惡……！」

因此她忍不住急了，埋頭衝上前，刺出長劍。

拙劣的突刺。儘管如此，少女手臂、步伐、劍身的長度彌補了這段距離。

小鬼打算向後躲開再度襲來的劍刃，喉嚨被直接貫穿，挖出一個窟窿。

「啊……！」

少女缺乏表情的面容透出喜色。

黏液散掉的手感，意味著她確實殺掉了敵人。

因此，她的注意力只放在眼前的小鬼身上。

自然無法應對接下來的攻擊。

「哇、噗……!?——!?」

眼前忽然一片黑暗。

大腦停止思考。虛無。動作當然也停止了。什麼都做不了。

一股重量壓在背上，她咚一聲倒向地面。撞到胸口，呻吟出聲。

無法呼吸。好重。好難受。

「GOROOGOBB！！」

——哥布林……!?

她終於發現是小鬼從背後撲到她身上，扯下皮帽。

地板帶有溼氣。小鬼的黏液噴到臉上，玷汙衣服。

她剛才也摔倒過，弄髒了衣服，所以事到如今沒什麼好在意的，但不舒服就是不舒服。

「嗚、嗚嗚、嗚……！！嗚……！！」

少女發出以咆哮來說太過模糊，如同小孩子在哭泣的呻吟聲。

她不停甩頭，扭動身軀，拚命掙扎，以甩掉壓在背上的重量。

因此她用力撞上牆壁純屬巧合，絕對不是有意為之。

「GROBG!?」

「噗啊……！」

她趁小鬼慘叫著鬆開手時，在地上爬著逃離。

事態刻不容緩。雖然喘不過氣，比起呼吸，戰鬥更重要。

幸運的是，在地上摸索的手指抓住了她跌倒時從手中滑落的劍。

少女毫不猶豫地揮下。

「喝……！看我的……！這傢伙……！！」

她反手持劍，跟用砸的一樣刺出去。小鬼放聲哀號，身體抽搐。

只刺一次的話，身體還不會崩解。所以她又刺了兩、三下才扔掉劍。

「呼……呼……嗯……呼……」

應該得等一段時間才會消失，不過照理說，這樣他就不會動了。

少女先調整呼吸，平坦的胸部上下起伏，拿出水袋拔掉篩子。

她大口喝水——沒去管還剩多少！——終於吁出一口氣。

接著重新點燃在亂鬥中熄滅的提燈。幸好沒摔破。

「啊……!?」

總算有了亮光。少女眨眨眼睛，發現掛在腰部的小袋子的異狀。

——袋口是開著的……！

少女大吃一驚，感覺到身體瞬間發涼。

她連忙打開袋子翻過來。什麼東西都沒掉在手上。

「不會吧……！為什麼……!?」

她趴到地上四處尋找，都快哭出來了。

好不容易收集到這麼多，竟然因為這種事前功盡棄，未免太慘了。

她的眼淚不全是出於悲傷，而是因為自己的慘狀及不甘。

不過，她剛才戰鬥的範圍並不大。

要在遺跡鋪路石的縫隙間找到閃閃發光的寶石，輕而易舉。

「呃……藍寶石（Sapphire）和綠寶石（Emerald）……」

一、二。她將撿起來的寶石放在手心計算，謹慎收好。

用袖子擦掉臉上的髒汗——淚水汗水黏液血液——調整呼吸。

「還有一顆……對吧。」

——在哪裡呢？

掉在地上？滾到奇怪的地方了？

少女四處張望，發現牆壁附近有個狹窄的縫隙。

小顆的寶石不小心滾進去，這種事一定有可能發生。

「……這裡嗎……」

嘿咻。小小的身體使出全力，把手伸進縫隙深處——

「……哇!?」

然後摔了進去。

以為是縫隙的那條線，不是牆壁的連接處或裂痕，而是門的樣子。

少女摔進黑暗無光的通道，像在遷怒似地脫掉頭上的皮帽。

——就是因為戴著這麼重的東西才會跌倒。

她哼著氣將皮帽塞進背包，調整提燈的方向。

然後看見搖曳的火光照亮了一個東西。

「找到了……！」

小小的金剛石(Diamond)碎塊，在牆壁附近閃耀光芒。

少女急忙跑過去把它撿起來，小心翼翼地用力抓住。

這樣就沒問題了。全部找回來了。沒掉其他東西，也沒忘記東西。

「還有，劍……！」

她連忙撿起下意識扔掉的劍，笨手笨腳地將其收入劍鞘。

——好。這次真的沒問題。

「嗯……走吧！」

少女握緊拳頭，檢查插在腰帶上的劍，仔細綁緊袋口。

接著得意地踩著慎重——卻勇敢的步伐，走向通道深處。

身後的那扇門靜靜關上。

§

「哇啊啊啊啊……!?」

年輕人們急忙扔掉劍和盾，拔腿狂奔。

發出喀啷喀啷的響亮腳步聲追在他們身後的，是手持武器，站得直挺挺的骸骨戰士。

儘管能勉強與小鬼抗衡，他們終於失去了勇氣。

所謂的「聚精會神」就是指這個情況，他們連滾帶爬地在遺跡的通道上奔跑、奔跑。

當然沒發現櫃檯小姐正站在路邊苦笑——

「嗚嗚嗚嗚嗚!?」

看見她旁邊的那副活鎧甲，疑似戰女神信徒的少女，發出與年紀不符的悲鳴。

她嚇得魂飛魄散，用只能以「丟臉」一詞形容的模樣落荒而逃。

「就算擦得乾乾淨淨，還是會嚇到人呢。」

櫃檯小姐看著連在黑暗中都看得一清二楚，被白色內衣鎧包覆住的臀部，困擾地喃喃說道。

「我覺得在外面看的時候挺帥的呀。」

「沒辦法。」哥布林殺手看起來並不介意。

「因為我不像妳一樣有用香水。」

「哎呀……」

櫃檯小姐睜大眼睛。然後覺得他會發現很正常，揚起嘴角。

——他不可能不注意洞窟裡的氣味。

幸好這座遺跡很暗，單憑火把橙色的火光，看不出她的臉色。

哥布林殺手用綁著一面圓盾的左手拿著火把，櫃檯小姐在他的帶領下朝迷宮深處前進。

同行者是發出喀嚓喀嚓的聲音回到原位的龍牙兵。

明明完成了任務，他看起來卻有點無精打采，不曉得是寄宿於其中的祖靈的關係，還是施術者的關係。

「妳說小鬼以外的怪物也要，所以我請人召喚了龍牙兵……」

「果然有困難嗎……」

「因為小鬼是生物，骨頭士兵卻並非如此。」

先是驚訝，接著是更加強烈的恐懼，判斷自己不可能獲勝——逃跑。

即使是正常的行為，要嘲笑當事人愚蠢、膽小並不難。

同時，要稱讚那是明智的行為、成長的證明也很簡單。

只要活下去，必定會有下一次機會，但冒險者不冒著危險就不會成長。

此乃不言自明的道理。

何況小鬼是四方世界最弱的怪物。

若是戰士，殺掉他理所當然。斥候就躲起來等他通過，借用術士的智慧也行。

不管怎樣，光是化解哥布林的襲擊，仍然——稱不上冒險者。

就算走在旁邊的這名男子，是人稱專殺小鬼之人的銀等級冒險者。

或者——也許該說正因為是這樣吧。

更重要的是，如果參加者連看見骸骨和鎧甲都會嚇得當場逃走——

「哎，畢竟這次是第一次。別太嚴苛囉。」

從深處的墓室探出頭的蜥蜴僧侶的威容，不曉得會把他們嚇成什麼樣子。

櫃檯小姐邊想邊笑著對他鞠躬。

「辛苦了。狀況如何？」

「還行吧。」

蜥蜴僧侶轉動眼珠子，像在思考般望向遺跡的天花板。

「六個人裡面會有一個認為有勝算，敢於挑戰的參加者。貧僧認為無須悲觀。」

「要是這個活動害他們對冒險產生排斥感怎麼辦……」

「總得篩選人才。若這點程度就會退縮，不如盡早放他們一條生路。」

這個意見實在很符合蜥蜴人的個性。

他們將生存視為美德，該逃跑的時候絕不猶豫，但這不代表膽小。

為了讓自己抵達生命的更高峰而逃，和單純夾著尾巴逃跑，應該是不一樣的。

——話雖如此。

櫃檯小姐是凡人，接觸過的蜥蜴人不多。

她無法完全理解蜥蜴人的想法，滿腦子都是「沒有新人加入就麻煩了」。

「不過，光這麼做無法栽培年輕人吶。」

所以聽見出自他口中的這句話，她感到意外，卻並不驚訝。

櫃檯小姐也有同感，哥布林殺手卻搖晃鐵盔詢問「是嗎」。

「有句成語叫玉石混淆。」

她點頭說道。

小時候，父母嚴格對她施加的貴族教育，偶爾會派上用場。

她學到這個成語時，根本沒放在心上就是了……

「減少整體數量的話，寶石的量也會隨之減少。不知道為什麼，很多人覺得只有寶石會變多。」

「誠然，誠然。砸碎雞蛋，也只有蛋黃會破。等破殼而出後再動手較為適宜。」

畢竟擅長的兵種不同。蜥蜴僧侶說完，又補充一句：

「對了，森人似乎認為想栽培樹木卻把嫩芽踩死的人，是愚蠢之徒。」

「有道理。」

哥布林殺手點頭。很像主張折斷一根樹枝要斷一根骨頭的森人會說的話。

「我是否也該多加思考？」

他低聲沉吟，雙臂環胸陷入沉思。雖然隔著鐵盔看不見他的表情。

「看來，我的老師以一般觀點來看，果然是嚴格的人。」

「哎呀，每個人的做法各不相同。小鬼殺手兄做得很好。無須改變。」

「是嗎？」

「正是。」

蜥蜴僧侶以意味深長的動作伸長長脖子，望向墓室深處。

——啊啊，真是的。

櫃檯小姐無奈地偷偷嘆息。

她對哥布林殺手的教育方針確實有意見，可是——

「那個，這位治療完畢了。接下來輪到誰……？」

「嗯，那就是那位先生了。他好像撞到頭部……」

「好的，沒問題。請讓他不要動。」

看到女神官在禿頭僧侶的指示下東奔西跑，再有意見都會吞回去。

那裡是給在競技過程中受傷，無法行動的人休息的治療區。

女神官勤奮地在躺在毯子上，或是坐在地上的傷患之間移動。

她很能幹、很努力，無論當事人是怎麼想的。

跟緊張地站在櫃檯前登記的那一天判若兩人。

櫃檯小姐將這樣的心情藏在心中，用輕快明亮的聲音呼喚她。

「辛苦了！這邊的狀況如何？」

「請放心，沒有看起來會死的人！」

這句話實在不適合帶著清爽的笑容說。櫃檯小姐忍不住望向旁邊的鐵盔。

「那個，這位是想鑽進狹窄的地方，結果頭不小心撞到天花板——」

「這傢伙則是因為戴著頭盔，看不見腳邊，滑倒撞到背部。」

禿頭僧侶大笑著把膏藥貼到趴在地上的年輕人背上。

少年發出低沉的悶哼聲，痛得扭動身軀，傷勢看起來卻並不嚴重。

「哈哈哈，哎，這點小傷根本不算什麼。內臟也沒受傷。」

「那真是太好了。」

櫃檯小姐微微一笑。可以的話希望他不要因此受挫，繼續以當上冒險者為目標。

話說回來，這裡有狹窄到會讓人撞到頭的地方嗎……？

「……唔。」

哥布林殺手將疑惑的櫃檯小姐晾在一旁，低聲沉吟。

他問了蜥蜴僧侶幾個問題，接著面向在治療區休息的人們。

「你在找人嗎？」

女神官如同一隻小鳥跑到他身邊，哥布林殺手搖頭回答「不」。

「看來進展順利。」

「呵呵……」

女神官面露疑惑，但櫃檯小姐明白他的意思，偷偷笑了出來。

這樣很好。

失敗的人、受傷的人、前途有望的人。許多人聚集在這裡。

但願順利。凡事都一樣。無一例外。他也包含在內。沒錯，無一例外——

「啥？」

治療區突然響起極為不悅的聲音。

轉頭一看，扛著斧頭的戰士一臉疲憊，在妖術師旁邊搔頭。

記得他們是協助舉辦活動的冒險者團隊(Party)之一，這男人是頭目(Leader)。

「抱歉，櫃檯小姐。可能出了點問題。」

「……又來了嗎？」

「又？」

「沒事，沒什麼。」

櫃檯小姐揮揮手，驅散討厭的回憶，臉上掛起微笑。

她沒有忘記上次收穫祭發生的各種騷動。

——雖然不是他們造成的。

可是出問題了。不會有錯。櫃檯小姐面色凝重地問：

「請問出了什麼問題？」

「我家的斥候發現奇怪的東西。」

「奇怪的東西？」

對。戰斧手點頭，鬱悶地說：

「哥布林的屍體。」

「在哪。」

§

「在這。」

迎接匆忙的武具摩擦聲的，是站在迷宮一角的女森人。

在火把朦朧火光的照射下都可能沒看見她，其隱形技術之精湛，彷彿融進了黑暗中。

負責帶頭的哥布林殺手沉默了一瞬間，點頭。

「妳嗎？」

哦。那名身上散發白粉及香水味的森人斥候睜大眼睛，然後展露笑容。

「沒錯，是我。」她在無光的口中擺動紅色的舌頭。「是我發現的。」

如她所說，她的腳邊有具倒在血泊中的哥布林屍體。

哥布林殺手一語不發，在屍體旁邊蹲下，女神官迅速舉起火把。

他搜索雜物袋，拿出形似貓爪的短劍，迅速開始檢查屍體。

「被刺了好幾次呢……？」

「應該是不知道死了沒。」

從旁探頭窺探的女神官，提心吊膽地喃喃說道，哥布林殺手點了下頭。

「新手偶爾會這樣。他們不知道要害在哪裡。」

——意即，與這隻哥布林交戰的是迷宮探險競技的參加者……

聽起來沒什麼問題，女神官卻豎起手指抵著嘴脣，陷入沉思。

有點奇怪。她覺得不太對勁，後頸陣陣發麻。

「……有哥布林的屍體沒什麼好奇怪的吧。」

戰斧手將目光從遭到解剖的屍體上移開，一臉噁心想吐的樣子碎碎念道。

「畢竟是用召喚出來的哥布林當敵人。」

這句話真是太無知了。女妖術師深深嘆息，彷彿在表示她發自內心想要回家。

「不是召喚，是製造出來的。」

「都一樣吧。」

「完全不一樣。」

截然不同。

妖術師不滿地抱怨道「我之前也說明過」，戰斧手卻一頭霧水。

他對法術的理論沒什麼興趣，哥布林殺手亦然。

檢查完小鬼屍體，他起身直截了當地問：

「屍體會留下嗎？」

「可以這麼說。」

嗯。妖術師默默伸出手，哥布林殺手將貓爪遞給她。

妖術師熟練地把玩那把手術刀，插進身旁地上的黏稠水灘。

在冒泡的水中攪動了一會兒，不久後找到了什麼，拔出刀刃。

貓爪叉住的是幾乎快要融化的骯髒小齒。

「這就是屍體。用來當觸媒的哥布林牙齒會化掉。」

「也就是說……」

嗯，沒錯。不是單純的異樣感。

屍體沒消失。只有這隻小鬼的屍體沒消失。意即，這是真正的——

「哥布林嗎？」

哥布林殺手像在沉吟般低聲說道。

他接著在鐵盔底下說出的話語，由於被面罩擋住的關係，絕大部分都聽不清楚。

然而，對於和他相處多年，有過許多交流的人來說可不一樣。

他十分憤慨，不屑地說道。

「混帳東西。」

女神官和櫃檯小姐愣了下，反射性面面相覷。

因為，這個人真的很少講粗話。

「意思是哥布林從某處跑進來了!?」

不過，櫃檯小姐決定以職務為優先，激動地詢問。

她斜眼瞄著擦得乾乾淨淨的鐵盔，努力試圖掌握現狀。

「不對喔。」

女森人卻笑著緩緩搖頭。
然後伸長宛如貓科猛獸的修長手臂，輕敲遺跡的牆壁。
「不是從某處，是從這裡。」
緊接著傳來「喀嚓」一聲，暗門隨之轉動。
門後是看不見盡頭的虛無黑暗，冷風從那裡吹入。
數百年，抑或數千年來遭到封印的地底空氣撲鼻而來。
櫃檯小姐可以說從未聞過這股不明的臭味。
「虧妳找得到。」
「因為我是斥候嘛。」
森人斥候「哼哼」得意地瞇起眼睛，回應妖術師。
「而且懂地下的不只礦人。」
「……喔，是喔。」
妖術師無力地呻吟，櫃檯小姐也是同樣的心情，不，比她更嚴重。
腳下的地板發出喀啦喀啦聲一塊塊崩落——所謂的毛骨悚然就是這種感覺。
——情況不妙。
遺跡的不明區域。事前調查得不夠仔細。危機管理。責任。不，搞不好已經有人受傷了。

無謂的擔憂在腦中打轉，她拍打自己的臉頰，拚命將其驅散。

現在不是想那些的時候。

該思考的是要怎麼做。

必須從極度重要的部分、嚴重的部分，準確又迅速地採取應對措施。

責任什麼的大可放在一邊。

事後要想多少理由都可以。隨便他們。

——現在該怎麼辦……！

據說，迷宮探險競技本來是以死為前提，某位惡名昭彰的領主發明的遊戲。

絕非貴族的殘酷興趣。

類似鬥技場的比賽，每年舉辦一次，人民和冒險者都把它當成祭典享樂。

但這次不同。

這次是遊戲。可能會受傷，但不會死。

除非出現真正的怪物——

小鬼是最弱的怪物。

沒錯，最弱的怪物。

特別戒備小鬼，會畏懼小鬼的人，當不了冒險者。

因為他們的敵人是巨大的黏菌，是魔神、巨人，有時是龍。

儘管如此——小鬼還是怪物。

要怎麼開口叫那些不是士兵也不是冒險者的人去打倒小鬼。

這樣的話冒險者是為何而存在？冒險者公會是為何而存在？

——比起停辦，還有其他方法……

先通知在入口待命的監督官吧。

請尚未進入迷宮的參加者在外面等候。

迷宮內的參加者則由在場的冒險者擔任護衛，帶他們逃出去。

接著重新搜索迷宮內部，剿滅小鬼……

照理說，那是最佳方案。櫃檯小姐迅速在腦中整理思緒。

在這邊待命的全是熟練的冒險者，包含戰斧手、重戰士的團隊(Party)。

無論這道暗門後面有什麼東西在等待他們，都不可能無法應付。

所以，沒錯，首先要——

「不。」

櫃檯小姐的思緒被一刀兩斷。

「迷宮探險競技繼續進行。」

這句話簡短、乾脆，直接到冷漠的地步。

「咦——？」

櫃檯小姐下意識抬頭，麻花辮隨著她的動作彈起來。

視線前方，哥布林殺手筆直瞪著暗黑的迴廊。

「別讓參加者發現。可是有必要讓活動安全結束。」

他低聲沉吟，輕描淡寫地揚言說道：

「不用額外派人手。我去。」

「這樣好嗎？」

蜥蜴僧侶似乎有點愉快，他點頭回答「這還用說」。

「哪裡不好。」

——那是。

女神官——連跟他認識比較久的櫃檯小姐，都從未聽過的語氣。

不，搞不好連他的兒時玩伴牧牛妹都沒聽過。

明顯不合理。

不合理、危險、非常不確實，是這男人不可能會做的選擇。

這位銀等級冒險者，不可能不明白這點小事。

那麼，也就是說。

他現在。

「豈能讓小鬼為所欲為。」

正在耍任性。

「────」

櫃檯小姐將滿是塵埃的空氣吸滿肺部，緩慢吐出。

──那就沒辦法了呢。

公私不分。危機管理。責任問題。將浮現腦海的詞彙通通拋到腦後。

想辦法吧。

想辦法處理吧。

正因為這個人說了這種話，她才必須負責這些。

「就這麼辦！」

因此，其他冒險者尚未開口，櫃檯小姐就笑著宣布。

雙手一拍，態度爽快且果斷，彷彿在提議來場下午茶。

地位最高的人不由分說地做出決定。採取行動。下達指示。

僅僅是這樣，瀰漫於冒險者之間的困惑就煙消雲散。

「得先跟外面的其他競技監督官報告狀況。」

「依貧僧所見，治療區再多做一些準備方為上策。」

蜥蜴僧侶立刻開口。這位身經百戰的強者，想必理解了櫃檯小姐的意圖。

他偶爾會像陷入沉思一樣瞪著上方，就別計較了。一面操控龍牙兵，一面和他們結伴同行，櫃檯小姐對他只有深深的謝意。

「還有，萬一除了這扇暗門，還有其他能通往深處的通道就糟了。」

「拉繩子標明行進路線吧。」

戰斧手毫不顧忌地敲打牆壁，另一人毫不顧忌將他的手拍掉，是妖術師。

「要是參加者無視行進路線，叫他們自己負責啊。難道不是嗎？」

「公家機關就是不能搬出這個藉口囉。」

櫃檯小姐苦笑著說，妖術師不耐煩地碎碎念道「麻煩死了」。

值得感謝的是，她還是跟森人斥候一起幫忙在通道上牽繩。

——總而言之，立刻動手去做現在能做的事吧。

那比什麼都重要。事後想到的好主意一點用都沒有。

既然如此——剩下就是……

「委託，對吧。」

櫃檯小姐輕輕點頭，清了下喉嚨，站在一名冒險者面前。

他瞪著密道，緩緩面向櫃檯小姐。

仍然看不見面罩底下的眼睛。櫃檯小姐卻直盯著她。

「那麼，哥布林殺手先生。我想委託您探索迴廊和剿滅小鬼。」

「好。」

「還有，如果有參加者不小心跑進裡面，請協助救援！」

「知道了。」

他立刻回答。

這是他去冒險者公會登記後，跟她進行過好幾次的對話。

她覺得非常高興，明明現在是這個狀況，卻忍不住揚起嘴角。

——不行不行。

「那個，還有……報酬。這個之後再計算，不過，不過——」

訂金。訂金。不能不付訂金。用物品支付。就這麼辦。

櫃檯小姐在腰包裡摸索。裡面裝著她覺得會用到而塞進去的各種東西。手指碰到混在藥瓶中的香水及緞帶，遲緩的動作令她紅了臉頰。

——啊啊，討厭……！

櫃檯小姐氣勢十足地將那個腰包連同腰帶一起扯下來，用力塞給他。

「這個，請收下！當成訂金……！」

「……」

「雖然我有點無法判斷這些東西能派上多少用場……！」

櫃檯小姐像在找藉口似地補充道。

公主將身上的東西託付給即將踏上旅途的騎士——若要當成這樣的信物，未免太不浪漫。

她當然沒那個意思。雖然沒有，光是這個念頭閃過腦海，就代表她沒救了。

要是他誤會，她會很困擾。要是他覺得她很奇怪，她也會很困擾。她沒有他意。

但她希望他平安歸來。希望他相信她，把這邊的事情交給她處理。

他願意拜託她，所以她想展現可靠的那一面給他看。

這樣的心情哽在喉間，沉入胸中，發出撲通一聲消失不見。

「不。」

因此，他說出這句話的時候，櫃檯小姐發自內心鬆了口氣。

「幫大忙了。」

他試了好幾次，最後將櫃檯小姐給他的腰帶及腰包斜掛在肩膀上。

櫃檯小姐為那不帶感情的動作感到安心，伸手幫他調整腰帶。

「那個……」

在其他冒險者也開始行動時——女神官喃喃說道。

「你一個人，沒問題嗎……？」

她明白這個道理——不，她明白他的心情。正因為明白，女神官才忍不住開口。

她也習慣跟他分頭行動了。她一個人也能做得很好。正因為證明了這一點，她的等級才提升了。

不過，那並不代表不會擔心。

——真好。

櫃檯小姐發現自己的胸口在隱隱作痛。

她羨慕她能如此坦率地講出這句話。因為自己八成做不到。

「之前……喔，不對……」

他停下腳步，話講到一半搖搖頭。

「沒跟妳說過。」

「————？」

他簡短跟她道謝，重新背好背包。

然後檢查腰間那把不長不短的劍和綁在手上的小圓盾的狀態。

調整好身上的裝備，點頭，將手插進被剖開的小鬼的內臟。

接著果斷地把紅黑色的黏稠血液，塗滿廉價的鐵盔及皮甲。

「如果是在洞窟裡，哪怕有一百隻，我都會贏。」

專殺小鬼之人輕描淡寫地說道，喉間發出宛如生鏽鐵門吱嘎作響的聲音。

「哥布林，就要全部殺光。」

間章

『不是只要會用火球和閃電就行 但最好要會用的故事』

Goblin Slayer
He does not le anyone roll the dice.

一陣巨響與熱風過後，僅存地上那些正在冒煙的黑色痕跡。

老舊遺跡的地面上新增的髒汙，不曉得有五個還是六個。

魔女發出優美的腳步聲踩在那個痕跡上，美麗的容顏露出柔和的微笑。

她拿著一把看似金屬製的短木杖，上面的金屬雕刻閃爍著魔力的光芒。

「有，一把……果然……很，方便……呢？」

「不過只用這招的話，挺無趣的。」

她慢慢收起火球杖（Fireball Wand），長槍手在旁邊咕噥道。

踏進潛伏著不明怪物的墓室時，若能搶得先機，要做的事只有一件。

先來一發「火球（Fireball）」。這對於高階冒險者而言是一種樂趣。

他們沒有無限的體力。如何在掠奪與殺戮（Hack and Slash）的過程中節省資源，也是重要課題之一。

只要隨便扔出一顆火球後蜂擁而入，蹂躪敵人即可。

然而法術的次數也有限制——是因為有這類型的魔法道具才辦得到。
——剛開始學法術的時候，我學到的是總之先攻擊再說。
長槍手護著魔女走進墓室，謹慎地戒備周遭，忽然想到這件事。
例如朝四面八方射出的「雷鳴(Thunder Wave)」、釋放衝擊波的「破碎(Shutter)」……
跟祈雨師(Rain Maker)和專門操縱風的魔法師不同，說到魔法師就是這些法術。
至今以來的經驗告訴他，魔法師其實不是只會用火球和閃電——
——可以理解對此心生嚮往的心情。
長槍手邊想邊打信號告知在門口等候的魔女沒有異狀，對她招手。
她彷彿對他寄予全面的信賴，果斷地邁出步伐。
扭動著性感身軀的走路方式，儼然是要去參加舞會的淑女。
唯有理解他實力的人，才有辦法這麼放心，長槍手十分高興。
「所以，妳要找的東西是？」
問這個問題的理由，當然不是他忘記冒險的目的，或是沒問清楚委託內容。
「這個，嘛……不老、不死……的，藥……之類的，東西……吧？」
她還挺愛聊天的——聽說世上的魔法師大多如此。
無論如何，美女為自己開口的聲音，不願意聽的人才有問題。
「不老不死啊。不是唬人的嗎？」

更重要的是，老實說，長槍手本人對此抱持半信半疑的態度。

諸神明明不可能允許四方世界存在那種東西。

神絕對不會同意讓天秤的均衡崩壞。理所當然。

死靈術師、捨棄肉身成為不死者（Undead）的這種極端例子暫且不論。

而且亡者也並非恆久不滅。想殺就殺得掉。

「如果，真的存在……會造成，困擾？所、以……」

「妳才會來調查。好吧，這我也知道啦。」

長槍手踩在焦黑的地板上，邊回話邊看清通往下一間墓室的通道。

再怎麼不想相信，若委託人希望他們調查那裡的東西，就該去調查。

會扯一堆自作聰明的理由嫌麻煩的人，根本不配當冒險者。

身為一流冒險者，只要委託人拿出相應的報酬，答覆就只有一句「我試試看」。

長槍手對工作一向抱持這樣的態度，可是……

「找得到嗎？」

「這個，嘛。」魔女發出喀喀喀的腳步聲，展露微笑。「沒關係……吧。」

通道昏暗無光，以凡人（Hume）的視力難以視物。

長槍手在自己的行囊中摸索，拿出手掌大的球體扔向黑暗。

那顆球立刻發出微光，是以前冒險時拿到的封有光苔的玻璃球。

不是多厲害的魔法道具，但有時挺好用的。

魔法裝備未必只有魔劍魔槍。

因為不小心把火把拿進充滿瓦斯的空間，直接被炸死的冒險者，也絕不罕見。

——假如。

長槍手滑進黑暗中，迅速撿起光球，一面心想。

假如自己在這個瞬間丟掉小命，會怎麼樣？

會做為自稱邊境最強，卻自己蠢死的冒險者，留在其他人的記憶中嗎？

還是會成為經過深思熟慮後，懷著會丟掉性命的覺悟留下什麼的冒險者？

抑或是——沒人知道自己死在這裡，就這樣遭到遺忘？

——感覺都有可能。

死者臨死前在想些什麼，其他人不可能知道。

死靈術師應該聽得見靈魂的低語，但這也不能盡信。

畢竟沒人有辦法證明那真的是死者的靈魂。

再說，據聞因為死亡的衝擊而導致記憶和意識都模糊不清的案例也很多——

「看起來沒問題。」

「是嗎……」

沒有斥候（Scout）的技術，就該利用過剩的身體能力來探索。

儘管沒辦法表現得太颯爽，總比邊走邊抱怨來得好。

說起來，哪有可能靠自己一個人就什麼都做得到。也沒那個必要。

話雖如此——長槍手與魔女一同往遺跡的最深處邁進，忽然嘀咕道：

「如果有『分身(Other Self)』的法術，探索時應該滿好用的。」

「或許……吧。」

魔女難得支支吾吾起來。

身為施法者的她總是喜歡不把話講明白，卻很少含糊其辭。

長槍手轉頭望向同伴。

「對喔，妳不會這個法術？」

寬簷帽左右搖晃。她會。可是從來沒看她用過。

「我，不太……喜歡……呢。」

她說，那是非常可怕的法術。

因為很方便。因為很好用。大家都想用，但那個法術可不像他們所想的那樣。

她的口吻像在講述躲在床下或衣櫥裡的怪物，長槍手的回答卻是「這樣啊」。

既然她這麼說，肯定沒錯。

「而且……」

魔法目光游移，彷彿在思考措辭，低聲說道。

「我……喜歡……火球。」

她的聲音細不可聞，輕輕壓低寬簷帽的帽簷遮住臉。

長槍手嘴角的笑意，不是針對她孩子氣的話語。

而是因為身旁這位美女，對他露出了少女般天真無邪的表情。

有個有名的故事是，那位偉大的妖術師勇士，靠一發火球法術就殺掉地獄的惡鬼。

——還是閃電啊？

不管是哪一個，嚮往成為英雄，扛起長槍的自己，沒資格多做評論。

他可以理解與其把次數花在「分身」上，更想使用「火球」的心情。

就算有魔法手杖也一樣——

「你……覺得呢？」

「不錯啊。」

長槍手立刻回答。這是多少接觸過魔法的人才懂的心情。

魔法師、施法者（Spellslinger），是因為能熟練使用法術才會被人如此稱之。

只會念咒的話，等於是被法術所控制。

無論是火球、閃電，還是簡單的點火法術——

其中不分優劣。學會，並且能運用自如，術師才有分優劣。

「好了，接下來是什麼……？」

長槍手踹倒下一間墓室的門，無畏地笑著說道。

可以的話，希望不只她的「火球」，也給自己的長槍一個表現的機會……

第5章『殺小鬼的專家（Goblin Slay）』

混濁的空氣、錯綜複雜的通道、溼滑鋪路石之間的苔蘚、刺鼻的腐臭味。

可恨的是，這個環境他比什麼都還要熟悉，沒有任何令他遲疑的因素。

他壓低身子，半點聲音都沒發出，果斷地在遺跡中前進，即使感覺到前方的氣息，仍然沒有停下腳步。

他並未拔出腰間的劍，而是從甲冑縫隙間抽出一條粗繩。

「GOOROGGBB……B、B!?」

接著從背後一口氣勒住搞不清楚狀況，卻毫無同情餘地的小鬼的脖子。

他拉緊綁住脖子的粗繩，把小鬼扛在肩上絞死他。

本來是對付凡人（Hume）的手法，不過拿來用在哥布林身上的話，可以把哥布林本身的體重也拿來利用，藉此縮短時間。

再加上目標不是令敵人窒息，而是阻斷脖子的血流使其失去意識。速度很快。

「好。」

論體格及臂力，凡人和一般的小鬼本來就有著天壤之別。抵抗也只是徒勞。

過沒多久，那隻小鬼放鬆下來，哥布林殺手又勒了幾秒，確保他徹底斷氣。

他很清楚不發出聲音殺掉哥布林的方法。

「……唔。」

因此，問題在於更多的情報。

哥布林腦袋裡裝的東西沒什麼大不了。他想知道他們肚子裡裝了些什麼。

他仔細調查倒在迷宮暗處的哥布林屍體。

之所以刻意用勒死的，也是因為這樣能快點看到屍體排出的穢物。

他拔出用小鬼的纏腰布夾住的短劍，攪動那灘排泄物。

量很多。有充分的糧食。不過沒看見毛髮和牙齒。

——有辦法正常進食的小鬼嗎？

他忽然想起以前告訴他這件事的魔法師。群體的規模，以及小鬼的大小。

然而，小鬼的體格沒什麼變化。該留意，但無須擔憂。

「好。」

哥布林殺手扶起小鬼屍體，讓他坐在牆邊。

其他小鬼應該會覺得他放著工作不做，在這邊打瞌睡。

這是過去妖精(Elf)弓手想到的手段，的確，不想被發現時就要用這招。

——沒錯，非得避免被察覺到，不能浪費裝備。

殺完一隻小鬼，哥布林殺手吐出一口氣。

哥布林的數量不明，巢穴規模不明，他只有一個人。

一如往常。思及此，他發現很久沒經歷過那個「往常」了。

他無法分辨這是好是壞。

——要冷靜。

他明白光是這樣告訴自己，就代表他處於亢奮狀態，正因如此，他才喃喃說道：

「要冷靜。」

現在沒人會跟他說話。既然他決定隻身前來，這是正常的。

哥布林殺手眨了幾次眼。

沒有火把，在黑暗中就看不見——一般凡人的話。

可是，現在不同。

他搜著掛在肩膀上的腰包，是櫃檯小姐借他的。

雖然他並不確定用不慣的那東西裡面裝了什麼——

「美女花（Belladonna）的眼藥。」

那個小瓶子的內容物及用途，他很清楚。

他打開頭盔的面罩，沒有拿掉塞了棉花的頭套，往雙眼滴了幾滴。

過沒多久，兩眼的焦點便模糊起來，慢慢能看清漆黑物體的輪廓。

在這個狀態下照到陽光，反而會覺得自己被關在黑暗中。

說小鬼的視野和凡人不同的，也是那位魔法師。

因此他現在的視野應該跟小鬼不同，不過能在意想不到的狀況下體驗這種感覺，是件好事。

「那麼……」

他小心翼翼收好跟別人借來的眼藥，再度於通道上狂奔。

地上留有疑似剛留下的足跡的痕跡，不過在溼掉的石板路上根本無法辨識。

時間經常是他的敵人。無論是在什麼樣的地點剿滅小鬼。

「GOORGB！」

「GGBG……！GOROGB！」

「GROGBBGB！！」

前方傳來微弱的小鬼叫聲，哥布林殺手再度停下腳步。

看得見於黑暗中透出的輪廓線的另一側，黑暗的對面有一間墓室。

在其中蠢動的——哥布林，八成是在講一些無意義的事。

——很好。

不重要。小鬼有自己的語言，有開玩笑這個文化。但沒有意義。

重要的是，其中是否參雜興奮的情緒。是否有人類的——女人的聲音。

他屏住氣息。只要停止呼吸，身體難以控制的動作多少也會停下。消除聲音。

盡可能地。

然後豎耳傾聽——為了他得到的情報吁出一口氣。狀況很單純。

哥布林殺手立刻抓住腳邊的小石頭，用力扔出去，筆直射向前方。

「GROGB……？」

「GOROOBBG！」

小石子飛過那群哥布林頭上。發出來的聲音令哥布林大吃一驚，同時面向那邊。

哥布林很笨。聚集成群會造成威脅。既然如此，只要扔飼料給哥布林集團，就控制得了。

因為他們只對掠奪、享樂、騎在別人頭上有興趣。

「…………！」

他直線衝向他們。

右手已經拔出短劍，比手忙腳亂地拿出自己的武器的小鬼更快。

——劍二，弓一！

「先一隻……！」

「GOROGB!?」

他瞄準離他最近的不幸小鬼，從肩膀砍到喉嚨，取其性命。

哥布林發出如同笛聲的聲音，噴著血倒地。他在跟屍體擦身而過時，將手撐在石地板上。

在鮮血積成血泊前，採取下一個動作。

「GORGB！！」

「GOG！GORGBB!?」

哥布林殺手直接滾向前，從發出無力發射聲的箭矢下方穿過去。

對哥布林而言——除非是圃人（Rare）或礦人（Dwarf）——敵人經常是巨兵。瞄準的位置必然會偏高。

而站在前方的小鬼，會先責備後面的同伴沒射中。實在愚蠢。

「二……！」

「GOOROGGBB!?」

他沒有停止動作，迅速伸出向前邁步的那隻腳，踢飛小鬼矮小的身軀。

然後在站起來的同時踩碎頸椎，右手的劍也已經揮下。

「三……！」

「GBBGRG!?」

慢吞吞地架起第二支箭的哥布林，額頭被劍刺中也只能乖乖倒下。

他的身體倒向後方，兩手的弓箭散落一地。

「…………」

哥布林殺手深深吐氣，迅速搜索周圍的敵人。

用來監視的眼睛及耳朵，目前都只有一人份。角度及精準度有限。

要做的事很多，該做的事很多，手牌很少。

若是平常——用不著女神官使出聖光，他就會在妖精弓手弓箭的支援下殺進敵陣。

只要有蜥蜴僧侶（Lizardman）和他在，就不會太費事。礦人（Dwarf）道士跟女神官則負責戒備周遭。

戰鬥結束後，多少會放鬆一些吧。裝備也不用煩惱要怎麼回收。

緊要關頭時——噢，不。

「不該有『若是平常』這種想法嗎？」

哥布林殺手像在勸戒自己似地咕噥道，搜索腳邊的小鬼屍體。

他注意到的是用腰帶夾住的破爛短劍。

能獨當一面的戰士暫且不提，對哥布林殺手而言是慣用的武器，他沒有不滿。

不過——

「…………唔。」

有股奇妙的異樣感。

他覺得自己不久前看過跟這把短劍一模一樣的武器。

哥布林殺手伸長皮護手底下的手指，仔細檢查那把短劍的劍刃。

——一樣，嗎？

跟他剛才殺掉的第一隻小鬼用的劍……十分相似。

裝飾及刀刃的狀態就先不說了。既然是大量製造的武器，一模一樣很正常——

沒這回事。

有辦法做出好幾把相似度這麼高的武器嗎？

何況連劍刃缺口的位置、纏在劍柄上的皮革的破損程度都相同。

「……………搞不懂。」

哥布林殺手低聲沉吟，將那把短劍收進腰間的劍鞘。

奇怪歸奇怪，他卻沒有再花時間思考。

不足的東西太多了，時間、體力，更遑論用來思考的餘力。

而要做的事多如牛毛，迷宮讓人覺得巨大得超乎想像。

「……走了。」

哥布林殺手留下一句自言自語，獨自奔往黑暗之中。

§

「什麼？哥布林殺手在單獨行動（solo）？」

重戰士的驚呼聲，混入祭典熱鬧的聲音中。

落荒而逃的人、好不容易突破重圍的人、想聽他們的經驗的人。

無論如何都值得慶祝。是冬天前的好日子。人們當然都想聽愉快的話題。

身穿便服，帶著一把劍的重戰士，在林立的攤販後面皺起眉頭。

「對呀。」

回答他的是脖子掛著至高神聖印的監督官。

「好像是。」

半森人（Half Elf）劍士在旁邊點頭，他不久前還在迷宮內待命。

身為團隊（Party）成員，主動接下傳令任務的他，身上的裝備是皮甲及刺劍。

就算他要隨時待命，以免緊急狀況發生，會在街上一直穿著鎧甲的，只有性格乖僻之人。

——不過應聲蟲森人（Elf）就是個怪人。

重戰士想起古老的冒險故事之一，陷入沉默。

「總之裡面會由我們負責，想請各位協助處理外面的情況。」
「哎，那個人應該不會出什麼意外啦。」
「是啊。」
重戰士神情嚴肅地點頭。
儘管不知道那個怪傢伙考慮得有多仔細，這個決定還不錯。
要是不小心釀成大騷動，這場迷宮探險競技的目的會一口氣付諸流水。
就因為區區哥布林——沒錯，區區哥布林。
贏不了那種怪物的冒險者不是冒險者，為此手足無措成何體統。
但對於狡猾的人來說，大概並非如此。
因為他們肯定會小題大作，議論紛紛，擺出一副自以為是的態度。
——那種事超麻煩的。
雖然他滿腦子只想著要當上國王的時期，想都沒想過。
「十隻二十隻哥布林，連餘興節目都稱不上。」
穿著不習慣的裙子，看起來行動不太方便的女騎士一臉得意。
事實上，就她看來那點數量的確算不了什麼，所以不能怪她。
重戰士瞄了服裝跟平常不一樣的她一眼，簡短說道：
「搞不好有一百隻。」

「唔，唔，唔……」

女騎士雙手蠢蠢欲動，彷彿巴不得立刻衝進去，殺出一片血海。

感覺隨時會拔出掛在腰間——和她身上的洋裝一點都不搭！——的劍。

旁邊是抱著大量攤販賣的食物當午餐的少年少女二人組。

看來他們逛祭典逛得很開心，尚未理解突如其來的意外狀況。

——好吧，我也知道這叫過度保護。

女騎士的意見是「我們不能對他們負責，所以大可嚴格點」，不過這可不行。

回想起年幼時期——自己又如何呢？

他不記得有被家人好好稱讚過，也不記得家人擔心過他的安全。

多稱讚他們，多關心他們，讓他們慢慢前進，又有何妨？

小孩子能當小孩的時間，多長都嫌不夠。

「給我一根。」

「啊！」

重戰士無視少女巫術師(Druid)的抗議，拿走一根她的貓肉。

然後張嘴咬下，朝路上的酒販扔了枚硬幣購買麥酒，一飲而盡。

「等等再賠妳。先填飽肚子，把裝備穿上。警戒度提高一階。」

「妳那麼貪心，買了一堆，給人家吃一根不會怎樣吧？」

「才不貪心！」

被少年斥候（Scout）這麼一逗，少女巫術師紅著臉再度大喊。

對圃人而言，這點量大概跟點心沒兩樣。

而在凡人眼中——這樣似乎有點不太客觀。

重戰士趁兩人在鬥嘴之時，又拿了一根貓肉。

他將貓肉扔給女騎士，她抱怨著「油會噴到衣服上」伸手接住。

女騎士兩手拿著貓肉慢慢嚼著，重戰士接著望向半森人劍士，他搖頭回答「不用了」。

「不需要省在這種地方吧。」

「我食量小。」

「所以才會這麼瘦。」

最後那句話是出自女騎士口中。她舔掉手指上的油，轉眼間就吃完一根。

食慾旺盛到這個地步，也是挺厲害的。

能夠迅速並確實地攝取食物，或許是戰士的才能之一。

重戰士邊想邊又咬了一、兩口肉，忽然抬起頭。

他遠遠地——在人流對面看見熟悉的金髮。

「嗯，喂！」

她不在迷宮裡太奇怪了，不如說，他一直覺得她固定會跟著那個男人。
然而，身穿地母神神官服的少女看都不看這邊一眼。
她跟其他冒險者聊得有說有笑，瞬間再度消失在人潮中。
——不對，認錯人了嗎？
那名少女會更加注意周遭，不可能無視別人。
不如說，那個人的體型和表情都跟她似是而非——應該是和她長得很像的其他人。大概。
「我們要怎麼做？」
「嗯，我想想。」
面對團隊(Party)會計的疑問，重戰士嚼著肉撫摸下巴。
情義、人情、信賴、報酬，以及性命。要考慮的因素很多。必須視狀況決定。
——既然那傢伙會殺去處理哥布林……
「我們留在這。守住這裡是我們的任務。」
他乾脆地下達結論。
「這樣好嗎？」
「那你是想大家一起吆喝著衝進去囉？」
這個想法不是沒道理，畢竟主戰場容易引人注目。

若不在引人注目的地方大顯身手，大多數的人不會把你放在眼裡，也不會承認你的表現。

而冒險者是要有名氣才做得下去的職業。然而——

「這可不是小鬼頭的戰爭遊戲。」

「說得也對。」

半森人劍士微笑著對重戰士聳肩，一副明知故問的態度。

團隊(Party)成員通通只會聽他的話可不行。即使是再正常不過的決定，也隨時需要有人提出異議。

這座城市的冒險者公會，以及更有權勢的國家，重戰士都給予正面評價。

他知道四方世界中，自己沒看見的地方比看見的地方更加遼闊。

盡情揮劍就能解決的事情，比想像中還少。

這次既然上頭還沒叫他們行動，也沒叫他們前去支援，他們的工作就是守好後方。

重戰士瞥向旁邊，監督官也在點頭，看起來鬆了口氣。

這是冒險者公會交代的工作。不認真做事，會砸了銀等級的招牌。

「問題是下落不明的參加者數量。」

若無其事地插嘴的人，當然是女騎士。

她隨便用一隻手拉開兩位正在吵架的小孩，瞄了群眾一眼。

「數量多的話找起來也很花時間，萬一情報不小心外洩，害其他人不安，事情會變得更麻煩。」

「……是啊。有多少？」

重戰士咬下最後一口肉，將骨頭扔進旁邊的草叢。

過沒多久，養狗人放出來處理廚餘的狗，應該就會把骨頭撿去啃。

「目前……有幾個人？」

「嗯，可以確定的有——」

半森人劍士和監督官翻閱著腦中的名單，點頭說道。

「一名黑髮少女。」

§

儘管如此，不如說理所當然，迷宮裡也沒有太多的變化。

「呀啊啊!?這是什麼……!?」

「哇啊啊！停、停下……就叫你……停下啦!?」

分不清是森人王子還是公主的美麗年輕人，身體被不曉得是蛇還是舌的柔軟物體勒住。

至於得意地抓住放在地上的斧頭的少年，他正在被會自己行動的那把斧頭甩得團團轉。

看這情況搞不好會砍斷自己的手臂，但這是迷宮探險競技。

和手持聖劍狩獵死靈的勇者不同，砍中了手臂也不會斷。

森人也會在全身骨頭碎裂前放走，情況並沒有那麼慘烈。

拚了老命的只有當事人。

競技參加者們尖叫著四處跑動。

不過——在一旁守望他們的競技監督官，倒是靜不下心來。

「那邊那個認錯了！」

「嗚!?」

身穿黑衣的參加者被突然從暗處伸出的纖細手臂抓住脖子，驚呼出聲。

大概是斥候之類的職業。用黑布覆蓋住全身的忍者，不應顯露如此醜態。

事情發生在那人躡手躡腳地於迷宮中前進，準備對前方人影射出藏在掌心的小刀的瞬間。

她——從那尖銳的聲音判斷——像隻貓似的，被人從錯誤的道路拎出來。

「我說妳啊，那是其他參加者吧？看仔細一點。」

「啊……」

「而且就算妳是因為在認真瞄準好了，明明有拉繩子，為什麼會走錯方向？」

「咦、啊、唔。靜、靜止不動的東西，看不清楚……」

仔細一看，從黑布縫隙間露出的眼睛，是跟貓一樣的金眸。

看見少女失落地垂下肩膀，妖精弓手笑著說：

「沒關係啦。來，給妳。仔細收好，別弄掉喔。」

她扔給她的是通過迷宮探險競技關卡的證明，金剛石（Diamond）的碎塊。

似乎是在剛才那場騷動中掉出來的。忍者連忙接過，妖精弓手點頭接著說道：

「好，還有很長一段路，小心不要把其他人誤認成怪物撲過去喔？」

「是……」

上森人（High Elf）拍了下垂頭喪氣的她的背。

黑衣少女嚇得繃緊身子，無力地向前走了幾步，停下腳步檢查行囊。

拿來當水壺的木筒。用乾樹葉包住的乾糧。裝藥膏的瓶子。金剛石碎塊。

可能是肚子餓了，她狼狽地按著肚子蹲下來。

不過下一刻，她——忍者便做好覺悟，邁步而出。

當然，這點小事只是微不足道的意外，意即不會只發生一次。

——看這情況，難怪沒辦法調人搜索……

在治療區來回奔波的女神官，聽見偶爾傳入耳中的報告，不得不下達這個結論。

競技光是正常進行就這樣了。萬一參加者知道小鬼的存在，不曉得會有多慘。

肯定得費一番心力才能把所有人帶到外面，安撫他們……

也許還會有擅自跑去剿滅哥布林，想要引人注目的人。

或是在那邊鑽牛角尖，胡亂猜測，散播謠言的人。

因此釀成的騷動，又可能再引出地下的小鬼。

所以他才會……

——單獨行動……

是這樣嗎？他會想這麼多嗎？女神官不知道。

因為理論及感情，不是能輕易分割開來的東西。

然而，儘管這種狀況對她來說絕對不是第一次，倒也稱不上熟悉。

從遇見他的時候開始計算，不曉得是第幾次。再多也不會超過十次——的樣子。

這只是她自己的感覺，實際上說不定更多，她也不清楚。

他——哥布林殺手很少放著她，一個人去剿滅小鬼。

不對——女神官搖搖頭——這個想法未免太厚顏無恥。

是她之後才踏進他的人生。

哥布林殺手這個綽號，應該是源自他總是單獨與哥布林對峙。

所以，沒錯。

她不習慣的是被留下來等待。

不是他單獨離去。

「……嗯。」

這樣一想，到頭來是她自己的問題。

女神官下達結論，放下幫傷患治療的手，拭去額頭的汗水。

用神蹟的話應該會更輕鬆，可是正因為這樣，才不該使用神蹟。

神蹟是神力所致，即使誠心祈求，也不知道會不會發生。

不是信仰的代價。不能用來圖方便。那就沒意義了。

所以女神官用繃帶纏住傷患撞傷的部位，牢牢固定，判斷這樣便足矣。

「請盡量不要動。這只是應急手段而已。」

好的。少年點頭小聲地說。果然是為了當冒險者才從村裡過來的嗎？

他沒有遇到哥布林，也沒中陷阱。僅僅是踩到溼掉的苔蘚滑倒罷了。

女神官不會笑他糊塗，不會笑他愚蠢。

換成自己肯定也會滑倒。只是因為骰子的點數好，她才倖免於難。

確認少年安分地待著後，女神官站起來。那麼，下一個是……？

「辛苦了？」

「啊，是……！」

是櫃檯小姐。

忽然有人跟自己搭話，女神官急忙轉過身，微笑著點頭致意。

「不會辛苦的。我從小就在寺院幫忙治療傷患。」

「那休息的時機妳應該也掌握得很清楚囉。」

櫃檯小姐——她同樣一直在四處奔波，卻完全看不出疲態。

她穿著工作服，卻給人一種乾淨俐落的感覺，抬頭挺胸，頭髮梳得整整齊齊，還散發出香水的香氣。

跟滿頭大汗，喘著氣努力工作的自己截然不同。

女神官緊張地點頭。是跟剛才那名少年類似的細微動作。

——這個人又如何呢？

腦中忽然閃過這個疑惑，她們總是在公會的櫃檯前見面。

前去冒險時，冒險歸來時。女神官沒看過介於兩者之間的她。

因此她才會忍不住想問問看。

「只能等待……果然很煎熬呢。」

「您在說什麼呀，沒這回事！」

她的回應令人意想不到。

女神官愣了下，櫃檯小姐呵呵笑著，邀請她移動到墓室的角落，以免妨礙其他人。

兩人靠著牆壁坐到地上，櫃檯小姐遞給她散發淡淡甜味的水袋。

女神官接過水袋，客氣地拿起來喝，是加了檸檬和蜂蜜的水，她吁出一口氣。

櫃檯小姐看準女神官放鬆下來的時機，開啟話題。

「這個嘛，妳覺得我們現在在做什麼？」

「那個……」

女神官目光游移。她不可能不知道。當然的。

被問到答案顯而易見的問題，自然會困惑，更遑論會去猜測是否有什麼言外之意。

然而就算有言外之意，她也猜不到，女神官東張西望，尋找答案。

治療區有許多參加者和負責監督的冒險者在跑來跑去。

她看著妖術師和女森人一同移動，點了下頭。

「舉辦迷宮探險競技……對吧？」

「是的，沒錯。」

櫃檯小姐豎起手指，用符合員工身分的禮貌語氣說道，輕笑出聲。

「管理參加者、掌握活動的進行程度。隨時準備應對意外狀況，還要確實傳遞訊息……」

外面的攤販還會跟客人起爭執。說到這個，觀眾應該也會吵架。

基於奇妙緣分而得知他們的存在的那個盜賊集團，說不定也會有動作。

扒手與偷竊——女神官絕對無法容許，但這也是社會的一個面相吧。

「好辛苦。」

「是的，很辛苦。」

櫃檯小姐笑著回答，以優雅的動作起身，拍掉衣服上的髒汙。

該做的事，不得不做的事，還有很多。

即使會擔心——再怎麼擔心，必須做的事也不會消失。

「光是等待，就是重要的任務。『只能等待』這種說法是不對的。」

女神官在昏暗的迷宮中，仰望她被篝火照亮的身影。

然後——跟礦人道士一樣——灌了一大口水袋裡的水，一口氣站起來。

「我也會……再努力一下……！」

女神官道著謝遞出水袋。櫃檯小姐接過它。

女神官向她一鞠躬，跑回治療區。

因為保護、治癒、拯救，是構成她本質的信仰。

§

對哥布林而言，什麼事都看不順眼。

每天都要待在地洞，每天都要吃同樣的肉。每天都要看同樣的臉。

他不記得這樣的生活是從什麼時候開始的，也沒想過會持續到何時。

那就是他的全部、他的世界，他對這一切燃起熊熊的怒火。

每個傢伙都不懂。

剛才——對小鬼來說，討厭的事情、令人羨慕的事情，一直都是發生在「剛才」——也一樣。

不小心跑進怪地方的傢伙們，好不容易找到孕母，卻當場把人弄死了。

那些傢伙好像死了，應該的。

他們那麼蠢，死了也不奇怪，還想獨占女人，活該。

我和他們不一樣——那隻哥布林心想。

例如，沒錯。現在在上面狂歡的那些人。

吃好吃的東西，玩得不亦樂乎，擁有漂亮或豪華的東西。

我可是被關在這種髒地方，一直在忍耐！

無法饒恕。怎麼可以允許這種事發生。那些人太過分了！

雖然不想聽從高高在上地揮動法杖的傢伙的命令，這話倒是講得有道理。

應該要把那些人拖進地洞，搶走一切，蹂躪他們，當成玩具。

畢竟他們一直過得那麼慘，這是應有的權利。

哥布林當然無法理解權利這麼艱澀的詞彙，不過總之就是這樣。

然而，那隻哥布林和其他同伴——他沒把他們當成同伴就是——不一樣。

在其他哥布林嚷嚷著追趕跑進來的人類時，他依然待在自己的崗位。

不是因為認真。認真的哥布林不可能存在於四方世界。

他認為自己並不愚蠢，認為自己與夥伴不同。

跟白痴一樣大叫著追在人類後面，這種蠢事他才不幹。

那些傢伙就努力奔跑，讓獵物的體力消耗殆盡吧。

之後他再偷偷埋伏，殺掉他們。

其他哥布林八成會抗議，無所謂，又強又聰明的是他。

到時他還要巧妙地把那個拿著手杖自以為是的傢伙拽下來。

在那之前先對搶到的獵物為所欲為一番，做為慶祝。

若是男人就吃掉。若是女人，吃掉前有很多享受的方法。

夥伴們不曉得能把他們逼到什麼地步。他們那麼無能，肯定不會多順利。

獵物有活力的話，折磨起來也很愉快，但太有精神不就沒意義了？

哥布林找了塊大小適中的石頭坐下，抱著粗糙的短槍碎碎念。

同伴們失誤與自己幫他們擦屁股的模樣，填滿他的腦袋。

而這又帶來了焦躁、憤怒。自我中心、不合邏輯、單方面的憤怒。

小鬼發自內心覺得這是正當的怒氣，因此做出了「獵物該落到自己手中」這個結論。

他擅自妄想，燃起慾望，喜孜孜地為將來的成功及榮光流著口水。

然後因為情緒亢奮的關係沒發現有一把刀射過來，意識沉入黑暗，就此斷絕。

§

「這不叫遺跡，而是洞窟。」

扔出去的短劍連同小鬼的頭蓋骨一起墜入黑暗，哥物林殺手看都不看那邊一眼。

周圍已經看不出迷宮的模樣，胡亂挖通岩壁開拓出來的區域一直延續下去。

若要稱之為蟻窩，通道太寬太亂了，可是範圍又大到不像自然形成的。

哥布林殺手突然想到潛伏在地底的巨大怪物的逸事。
不曉得是幾年前的事，礦工們不小心挖到怪物的巢穴，釀成騷動。
還是說那是黏菌？當時他應該對其他人講的話沒什麼興趣。
——無論如何，在這邊的是哥布林。
哥布林殺手乾脆地將模糊不清的回憶拋到腦後。
他不認為會在岩壁中挖洞的怪物，能與哥布林共存。
若背後有著和混沌勢力結夥的不祈禱者，小鬼的行動未免太雜亂無章。
這裡無疑是哥布林的領域，也就是哥布林殺手的領域。
「……」
從迷宮踏進祕密通道的深處後，究竟過了多少時間？
他從在腦中計算的數字推估出大略的時間，判斷過不了多久。
儘管不確定誤入這裡的參加者有幾個人——應該還不會有事。
至少不管是男是女，只要不在戰鬥中喪命，這時間都還活著。
要盡快，但不該操之過急。
因此，他慎重躲進石筍的縫隙間，窺探前方。
美人花眼藥賦予他的夜視能力，效果雖然不突出，確實幫上了忙。
跟森人和礦人的視覺差不了多少，再加上他常把光源用在鎮壓敵人上——

——不對，是叫那女孩使用。

沒錯，不是由他自己使用，而是讓女神官支援，因此不能常用。

即使如此，也夠看清黑暗中地上的斷崖，以及通往對面的狹窄道路了。

那條道路並非橋梁這麼高級的東西。

單純是巨大的石筍因為某種原因倒下，正好架在裂縫上。

凡人自不用說，蜥蜴人（Lizardman）踩上去大概也不會垮——小鬼當然也包含在內。

——是小鬼。

不像剛才那樣只有一隻。不只一隻。是以為只有自己有能力埋伏的傢伙。

十隻？二十隻？在那之上。沒有到百，但可以確定寡不敵眾。

他們通通沒發現不久前有隻同伴掉下去了。

就算發現了，搞不好也會覺得他是不小心滑下去的蠢貨。

因為哥布林們相信，至少自己不會掉下去。

好幾個影子蠕動著，自以為躲在黑暗中。有辦法辨識，卻因為混在黑暗中的關係看不出數量。

未經思考就殺入敵陣，會遭到圍毆。

顯而易見。不過該如何是好？哥布林殺手並不煩惱。

——簡單地說，只要做好覺悟再殺入敵陣即可。

「GOROGGBB！？！？」

用「迅如飛箭」來形容他，或許會引來森人的嘲笑，入侵者像一陣有顏色的風，朝前方突擊。

以為自己是偷襲的那一方，卻被殺了個措手不及的小鬼們，愚蠢地捨棄他們的優勢大叫起來。

這樣就好辦了。

「一！」

「GGB！？！？」

他當成碎石扔出去的小瓶子，連著小鬼的腦袋一同粉碎，裡面的液體灑了出來。

混雜在血與腦漿，骨頭和玻璃碎片中朝四周擴散的，是突兀的甜美香氣。

哥布林殺手投身於香水霧中，一口氣衝過去。

「GOROGB!?」

「GOROGBBGB！？！？」

沒錯，**衝過去**。

女人的香味。迅速從眼前衝過的獵物。

興奮、混亂、憤怒造成致命的漏洞，哥布林殺手通行無阻。

「GOOGB！！GOROGGBB！！！！」

「GGB！」

「GOOOOBBGBB！！！！」

然後──哥布林們咆哮著把手中的東西全扔了，紛紛追向他。

若不第一個追上他撂倒他，戰利品會被其他哥布林拿光。

能得到一切的，理應只有自己一個。小鬼們握著武器不停揮舞，緊追在後。

剛才那些僅存的思慮──前提是那稱得上思慮──已經煙消雲散。

如今只剩滿腦子想著將眼前的獵物納入掌中，與野獸無異的小鬼。

──之後要賠償她。

哥布林殺手在模糊的視野中掌握地形，忽然想到。

但這與剿滅小鬼無關。他瞬間將這件事驅趕到腦海一角，拔足狂奔。

凡人與小鬼體型不同，速度和持久力也有所差異。前提是撇除掉裝備過多這一點。

因此，看見眼前的獵物背影逐漸接近，哥布林也不覺得奇怪。

自己的腳比誰都還要快，跟其他蠢貨不一樣。眼前這個白痴累得快跌倒了。

「GOROGBB！！」

「三……！！」

儘管他的脖子在獵物轉身的瞬間被一刀砍斷，這樣的妄想依然沒有消失。

哥布林噴著血，因自己的血窒息而亡，倒向前方，後面的同伴則直接踩過去。

就算喉嚨不是致命傷，骨頭和內臟都被踩爛，一樣活不了命。

「四、五……！」

「GOROOG！！」

「——六！」

「GBBGROOGB!?」

哥布林殺手並未減緩速度，而是每次都對追上自己的敵人送上一擊。

鮮血飛濺，慘叫聲四起，亡骸倒在地上，減緩後面的小鬼的行進速度。

哥布林殺手趁機衝進亂七八糟的石筍間，調整呼吸。

哥布林厲害在奇襲跟數量，剿滅小鬼時該考慮到的是這兩點。

既然如此，就發動奇襲。顛覆敵我的戰力差距。就這麼簡單。

就算在洞窟裡面，只要持續移動，不讓他們掌握正確位置，穿牆也不足為懼。

遮蔽物經常是戰友，榴彈（Grenade）是凡人的朋友。

哥布林殺手從雜物袋中取出催淚彈，隨手往石筍後面一扔。

「GOROOGB!?」

「GRGB!?GGOBOOBBRU!?」

——之後得教她怎麼做。

他聽著小鬼們痛苦不堪的哀號，突然想到女神官。

將氧氣吸入肺部，把氧氣輸送至大腦，多餘的思緒便消失得一乾二淨。

「GBBG！！」

「七！」

「GOROGB！！」

他抓住流著眼淚及唾液，從石筍後面探出頭的小鬼的腦袋，將他的下巴砸向岩刺。

只要把上顎連同舌頭跟腦袋釘在一起，那張髒嘴就不會再張開。

至少對哥布林而言，稱得上光榮的處刑（Glory Kill）。

哥布林殺手看都不看開了個洞的腦袋，撿起掉在腳邊的棍棒。

武器隨時都能從他們身上取得，無須擔憂。

「——八……！」

「GOOROGB!?」

他隨手將收拾掉好幾隻小鬼、沾滿血脂的劍射向後方，飛奔而出。

之後的過程——不需要描述得太詳細。

哥布林殺手奔跑著，所經之處堆滿一座座小鬼屍骸。

跟之前在雪山，或是前往偏遠村落的那一次，與青梅竹馬一同遇難時的戰況類似。

不過，只是類似而已。

當時的他是被追捕的那一方，是撤退的那一方，是被盯上的那一方。

現在的他是專殺小鬼之人。

光憑一個動作就將輕率得拉近距離的小鬼殺掉，距離稍遠的小鬼則扔出武器殺掉。

武器要多少有多少。從死掉的小鬼身上搶來，折斷石筍，將他們砸在岩石、地面上。

跟彷彿事隔多年的那場發生在小村落的戰鬥不同，這裡是洞窟內。

數量遠遠不及在那座暗黑之塔對付的哥布林。

然而……

——變草率了。

他指的是戰鬥方式。

注意四面八方的只有他一個人。沒有支援他的箭矢、法術、碎石。思考前進方向的也只有他一個。

自己有辦法識別的情報就是一切，一旦疏忽便足以致命。

正因如此，此時此刻他之所以有辦法察覺到那東西，並不是因為骰子擲出了好點數。

因為，他躲在岩石後面，調整呼吸的那一瞬間。

物體劃過空氣的聲音從認知範圍外傳入耳中時，他立刻扭轉身軀。

「唔……！」

腰間的雜物袋發出令人心寒的劈里聲裂開，裡頭的東西紛紛掉落。

裝備都掉進洞窟裡深不見底的斷崖底部了，他卻毫不在意，衝進附近的岩場。

飛來物是明顯做工粗糙的箭，至於來源——

「原來如此，弓兵嗎……」

由倒下來的巨石搭成通道的懸崖對岸，數隻小鬼拿著弓站在後方。

其中一隻正在被拿杖的小鬼痛毆，恐怕是因為他太急著射箭了。

想要隨心所欲操控小鬼，連小鬼都很難辦到。

「GOOROGBB！GOOROGGBBB！！！」

「唔……！」

然而，哥布林殺手從石頭後面觀察狀況的瞬間，刺眼的閃光撕裂黑暗。

拜眼藥水所賜，他什麼都看不見；不過發生了什麼事，他聽接下來的聲音就明白了。

他清楚聽見某個東西伴隨巨響碎裂，喀啦喀啦地掉下來。

——原來如此，把橋弄掉了嗎？

不知道是不是料到他沒有遠距離的攻擊手段。去揣摩哥布林的思考模式，只是浪費時間。

十之八九是覺得自己有弓，而敵人沒有吧。

哥布林殺手享受著視野被閃光——真奇妙——抹黑的感覺。

儘管他不覺得那些傢伙也會跟著失去視力，他確實因此有了些思考的時間。

事實上，從空中射下的箭雨連他用來藏身的石頭都很少射中。

不過箭矢射中周圍的岩石及地面時會彈起來，所以也不能大意。

——那麼，該如何是好。

他回想起記憶中，邊跑邊記在腦海的地形。

從洞窟的裂痕寬度來判斷，原來如此，有段距離。

無論是要跳過去，還是扔武器解決他們，肯定都有難度。

儘管不想承認，把橋弄掉再用弓箭攻擊，是正確的戰略。

——雖然他們八成沒想過殺掉我後該怎麼辦。

哥布林殺手等待著雙眼再度習慣黑暗，把手伸進腰間的雜物袋。

確認裂開來的袋子中幾乎沒剩多少東西，吐出一口氣。

他不覺得可惜。裝備就是拿來用的，是會失去的東西。

他接著拿起櫃檯小姐給他的斜掛在肩上的腰帶。

掛在其上的好幾個袋子裡面，同樣裝著裝備。

「GOOROGB！！GOOROGGB！！！」

「GOBBGRGB！！」

香水已經用掉了。美人花的眼藥用掉了。緞帶。筆記本和金屬製的尖筆。糖果。諸如此類。

如果有一捆繩子就好了，可惜沒有。尖筆不錯，他用盾牌的束帶夾住尖筆。

哥布林殺手拉開面罩，隨手將他找到的一顆糖果扔進口中。

香醇的香草氣味及滋味瞬間於口中擴散開來，他眉頭一皺，放下面罩。

該怎麼做顯而易見。必須採取行動。要是那傢伙又用法術就糟了。

話說回來——

——可惜了那把飛刀。

§

「哇、哇、哇、哇……」

失敗了。

少女逐漸滑落坡道，一臉快要哭出來的樣子。

事到如今後悔也沒用，可是抬頭一看，離頂端有漫長的距離，這裡又很高。

爬上去有困難，但她又不敢滑下去。

可是——不能回去上面。因為這是場競技，不得不繼續前進。

——加油吧……！

黑髮少女勉強拿手腳當支撐，就這樣慢慢從坡道上滑下去。

手掌被砂礫及小石子磨得又麻又痛。是不是該買手套？

她萬萬沒想到迷宮深處有這樣的洞窟。

感覺不到其他人的氣息，難道走錯路了？

——沒有。沒走錯……我覺得。

因為，如果這條路是錯的，那些跟路標一樣散落於地面的東西，不是很奇怪嗎？

少女的小背包，現在裝滿她在地上到處撿來的道具。

這樣的話——單純是自己速度最慢嗎？

一定，大概，不會有錯。村裡那位少年尖銳的嘲笑聲忽然浮現腦海。

那陣笑聲帶來的痛楚，足以令她忍不住停下腳步，少女搖搖頭。

沒時間想這些了。

少女拚了老命——所謂的「怕到想死」是什麼樣的感覺？肯定就是現在——集中精神。

再怎麼豎起耳朵、定睛凝視，仍然什麼都聽不見，什麼都看不見。

掛在腰間的提燈（Lantern）不知何時也沒油了，黑暗撲面而來，她十分不安。

之所以沒大聲呼叫其他人，是出於膽小、不安、羞愧。

想當冒險者的人，肯定不會做那種事——

她不想再被笑。

「噢、噢……嘿咻……」

少女終於下到底部，再次仰望陡峭的懸崖。

雖說眼睛已經逐漸習慣黑暗，還是完全無法看到上面。

不時從上方掉下來的小石頭，令少女頻頻眨眼。

她隱約有種懸崖會從兩側倒下的感覺。

少女兩眼泛淚，拍掉埋在掌心的小石頭，忍受著刺痛感。

接著用袖子擦拭眼睛，提心吊膽地在山谷間的道路邁步而出。

膽小到可笑的地步，慎重到可悲的地步。

無法確定是基於她的本事抑或幸運，但從結果上來說，這救了她一命。

因為多虧如此，聽見從前方傳來的細微聲音時，她才會嚇得停下腳步。

——……什麼東西？

少女緊盯著黑暗深處。不，不只是看，而是仔細觀察（Look）。

那東西將近八呎長。

那東西以不規則的動作緩慢移動。

那東西看起來沒在注意她，卻又一副已經發現她的樣子。

那東西擁有銳利的牙齒，感覺會用身體衝撞她，或是勒緊她。

「JJJ……」

——是蛇（Serpent）。

少女嚥下一口唾液。偏土色的褐色，暗褐色的蛇。

她靜靜上前。蛇向前爬行。她悄悄退後。蛇向前爬行。

她猶豫著往右邊移動一步。蛇扭動身體爬向右邊。那就換左邊。蛇爬向左邊。

少女停下腳步。蛇也停止動作，用那對發光的眼睛瞪著她。

——怎麼辦……

她不知道該如何是好。

少女杵在原地，現在才想起腰間那把劍的重量，慢吞吞地拔出來。

拔劍並不代表什麼，但這為她帶來了一絲安心感。

——不過……

少女低頭望向手邊，視線移動到劍尖，然後重新望向蛇。

——我有辦法打倒牠嗎……

她毫無把握。

她認為砍得進去。砍得進去，但她完全不覺得一次就能乾脆地打倒牠。

這樣肯定會被咬，或是被纏住。

如果牠有毒，一定又痛又難受。身體被勒住也又痛又難受。

——最後被一口吞掉。

記得蛇這種生物會把獵物整個吞下去，壓碎全身的骨頭。

少女非常後悔要想起這種知識，為自己想像出來的下場不寒而慄，癱坐在地。

平坦的臀部一接觸到地面，冰冷的溫度就滲入體內，她五官都皺了起來。

即使如此，她依然沒哭出來——也差不多了——是因為她明白。

哭了也不會有人來救她。她必須自己想辦法。

——思考吧。

這大概也是競技，是測試，肯定有辦法……應該。

少女偷偷觀察蛇的模樣，放下背包，檢查內容物。

裡面的東西沒仔細整理過，簡直像塞滿垃圾。

棍棒、短劍。奇怪的紅色粉末（摸了會刺刺的）、不知道是什麼的藥瓶、卷軸。
——要用卷軸嗎？
有點奇怪。不是浪費，她覺得不該這樣做。
少女先將卷軸放到旁邊，沉吟著一個個檢查行李。
這段期間，她還不忘偷瞄那條蛇，蛇仍舊只是緊盯著她。
競技監督官肯定在等她，因此她急忙將視線移回行李上。
知道用途的道具，感覺都派不上用場。那麼，是否該使用用途不明的道具？
但她不敢喝不知道有什麼效果的藥。所以藥也不是正確答案。就當成不是吧。
這樣的話……
「它嗎……？」
少女握住用途不明，散發強烈陰森氣息，恐怕是武器的東西。
右手拿著長劍——好重——左手拿著那把武器，靜靜上前。
「JJJJJ……！」
蛇馬上做出反應，抬起脖子，發出銳利的嘶嘶聲吐出舌頭低鳴。
牠的威嚇使少女差點嚇跑。她雙膝一軟，顫抖不已。
這樣沒問題嗎？她感到不安。失敗、犯錯、一事無成。遭到責備，遭到嘲笑。
不過，少女因為掛在腰上的袋子些微的重量，重新站穩腳步。

好不容易來到這裡，費盡千辛萬苦收集到的寶石碎塊，推了她一把。

「嘿、啊……！」

跟撲過來的蛇的速度比起來，她的步伐實在太軟弱無力，太過遲緩。

那絕對是無心之舉，但拜其所賜，少女看見了大蛇張大的嘴巴。

她反射性拿左手的武器，刺向占滿視線範圍的大嘴。

「JJJJJJJJJJJJJJJJJJJ！！！！！」

「嗚……!?」

不會痛。

令人發麻的衝擊伴隨喀一聲傳來，被蛇撞飛的少女一屁股跌坐在地。

眼前是嘴裡卡著陰森的短劍，困惑地扭動脖子的蛇。

由於那形狀獨特的劍刃，牠無法把劍吐出來，也吞不下去，而是卡在嘴巴裡面。

「好機會」、「破綻」——少女沒想那麼多。

猶豫過後，她拚命鼓起勇氣，小步衝上前。

「喝、啊……！」

然後像隻小兔子般加快速度，從蛇身上跳過去。

「JJJJJJ！！！！」

她看都不看旁邊一眼，全神貫注地狂奔。雖然背後的低吼聲令她萬分恐懼。

——不用打倒牠也可以……嗎？

或許。少女差點跌倒，遲緩地奔跑，絞盡腦汁。

不行的話，競技監督官應該會出面叮嚀。既然沒有，就是沒問題了，吧。

跑到一半，她在峽谷的黑暗深處看見奇怪的物體。

起初，她覺得那是巨大的石造祭壇。

然而隨著距離拉近，模糊的輪廓變得清晰，是石櫃……不。

少女也看出來了，更正確地說是石棺。

她不知道停下來了多久，後方傳來蛇的爬行聲。

快要哭出來的她，哭喪著臉狼狽地走近石棺。

這裡是終點嗎？還是前面還有路？希望是終點。好想出去。

少女來到石棺前面，發現一件奇妙的事。

那無疑是石棺——刻在上面的文字她當然看不懂——裡面卻是空的。

蓋子可以撬開，棺材中只有一個細長的凹洞。

就在她心想「原本應該裝著法杖之類的東西吧」的下一刻——

「哦，竟然有人能抵達這裡，說實話，我挺驚訝的。」

那東西如同熊熊燃燒的火焰，憑空出現。

一名肥胖的男子迅速膨脹。

他穿著連少女都看得出質料高級的外套，手拿以鋼編成的駭人鞭子。

「看來對妳這樣的人來說，這種程度的封印不算什麼。」

被目露凶光的雙眼瞪著，少女一句話都說不出來，向後退去。

在她眼中，那名男子怎麼看都是可怕的火焰魔人。

——果然不該從那條蛇面前逃跑。

少女為之顫慄。

§

——儼然是炎之小鬼。

「GOOROOGOROGROG！！」

ZAP！ZAP！ZAPPA！！

每當哥布林揮動手杖，灼燒視野的閃光就會貫穿黑暗的洞窟。

好幾道閃電、火柱或熱線，化為魔力奔流將對岸的岩石燒得焦黑。

他不懂法術，不過區區小鬼術師，不可能有能耐用這麼多次法術。

——所以是杖嗎？

哥布林殺手置身於融化礦石散發的異臭中，選擇放棄躲藏。
看見迅速從岩石後面跳出來的寒酸戰士，小鬼想必會嘲笑他。
跟嚇得跑出來的野兔——小鬼沒看過野兔——一樣弱不禁風。
不會讓他逃到洞窟外面，要在那之前用箭雨和這個魔法將他虐殺。
拿杖的小鬼，也就是炎之小鬼踢飛沒用的部下，斥責他——
「GOORGB!?」
結果被那名部下飛濺的腦漿噴了滿臉。
他忍不住踹倒頭部碎裂的屍骸，吐掉噴到口中的穢物，趴在地上。
發生什麼事？他做了什麼？
那個愚蠢的冒險者再怎麼努力，都不可能隔著斷崖對他們發動攻擊。
卑鄙。他耍詐。肯定是用了某種狡猾、耍小聰明的奇怪手段！
「那麼……第幾隻了。」
猜得沒錯。
哥布林殺手右手拿著櫃檯小姐的緞帶。
哥布林們肯定想不到它的功用。
他在從天而降的箭雨中狂奔，迅速用左手撿起腳邊的小石頭。
接著把它綁在繩子上，無聲地甩動右手。

「總之，二！」

碎石瞬間射出，以驚人的速度飛翔，又砸爛一隻小鬼的腦袋。

小鬼的屍體飛向後方，還一併將同伴牽連進去，不停抽搐，他看都不看一眼。

本來就看不見。閃個不停的白光，灼燒著滴了美人花藥水的雙眼。

然而，這點小事根本不成問題。

——既然發射地點不會移動，不用看都知道弓兵的位置。

哥布林在一波又一波的熱線中埋頭射箭。位置不言自明。

難怪同一團隊(party)的上森人少女，經常在戰場上邊跑邊射箭。

只要找出其所在位置，堅持不離開狙擊地點的射手，威脅性就會減半。

不過，能一面跑跳一面將弓箭運用自如的，也只有森人了。

再怎麼說，拿小鬼和她比較——對那名少女未免太失禮。

「三！……四！」

「GOOROGBB!?」

「GORG!?GBB!?」

跟射鴨子一樣。哥布林殺手每甩一次右手，就有一隻哥布林的腦袋碎裂。

幸好敵我之間沒什麼高低差，他知道隔了多少距離。

哥布林什麼都沒考慮，站在懸崖邊光明正大地朝他射箭。

這樣就算不去看他們，也很難打不中。

——森人的弓呀……

「不看技術，而是靠魂魄擊發嗎？」

不曉得是不是因為剛才想到了他，妖精弓手經常掛在嘴邊的話浮現腦海。

會去依賴手指的人，把父祖的臉都忘了——記得是這麼說的嗎？

——中了。

棲息在這座迷宮或遺跡或洞窟的哥布林不傻，卻愚蠢。

八成是因為獲得了能射出魔法的杖和弓箭。他們肯定想不到。

恐怕在這個瞬間，他們依然無法理解。

榴彈（Grenade）是凡人的朋友。

有史以來，沒有種族比凡人更努力鑽研如何將碎石扔得又快又遠。

四方世界之中，只有凡人將投擲物品做為武器。

因此凡人知道，父親也知道，姊姊也知道。他是這樣學到的。

——只要有一條繩子，這點距離根本算不了什麼。

他們應該要親身體會一下，光拿著一條當場做出來的投石索（Sling）的凡人，會構成多大的威脅。

「GOOROGB!?」

「GBBOB！」

都這個時候了，小鬼們才總算發現這樣下去，自己會被殺掉。

他們有的急忙試圖逃跑，有的想拿同伴當盾牌，左右亂竄。

「GROGBB！GOOROOGBB！！」

炎之小鬼勃然大怒，用珍貴的一回合肅清部下後，揮著手杖飛奔而出。

閃爍的亮光刺進哥布林殺手眼中，但他沒有因此驚慌失措。

他憑藉自身的感覺——朝瞄準過無數次的小鬼頭部的高度，扔出石頭。

「GOROOGBB！！」

哀號聲響起，接著又是一陣閃光。他撲向前方，於地面翻滾。

聽見有東西燒焦的聲音，散發異臭。不會痛。他果斷衝上前，撿起石頭。

——管他的。

無論敵人發射幾十發法術，沒打中就不成問題。

雖然這一點也能套用在他身上，只要投擲幾百顆、幾千顆出去即可。

哥布林殺手隔著斷崖和炎之小鬼並行，抓起下一顆石頭。

——子彈要多少有多少。

在空中亂飛的熱線、箭矢、碎石接連交錯，那道白光浮現於黑暗中。

§

低吼著的鞭子，蒸騰的熱氣。令肌膚火辣辣地發疼的魄力。

少女當然動彈不得，不敢開口，也不敢逃跑。

她的雙腿瑟瑟發抖，心臟狂跳，甚至連氣都喘不過來，劍好重。

看她都快站不住了，火炎魔神發出像在嘲諷她的笑聲。

「那麼，這位小姐。可否告訴我妳的名字？」

「那、個……………」

少女咕噥著說出自己的名字。名字被魔法師知道，說不定會遭到詛咒。

這名看似魔法師的肥胖男子卻好奇地瞇細眼睛，盯著少女的臉。

「哦，這名字像暴風雨（Arashi）。是個與始源大渦相連的威猛名字。」

沒這回事。少女搖搖頭，動作細微得幾乎看不出來。

「那麼，妳為何來到此處？所求為何？財寶嗎？地位嗎？功績嗎？」

——這一定是最後的考驗。

少女拚命試圖說出正確的答案。她不知道什麼是正確的答案。

然而，在她扭扭捏捏沉思的期間，仍然刺在身上的視線令她恐懼不已。

「想……」她喃喃說道。「……想，成為……冒險者。」

好不容易擠出來的回答過於無趣，少女沮喪地低下頭。

不過，一旦開了口，接下來的話語便斷斷續續脫口而出。

當傭兵的父親只會喝酒、發怒、睡覺。她連母親的臉都沒看過。

沒有朋友。也沒有管道加入職業公會。這樣下去，一輩子都會過著這種生活。

住在骯髒的家中。和父親兩個人一起。村民對她冷眼相看。這就是自己的世界。

她完全無法忍受。可是，若想改善情況。

除了當冒險者，還有其他路可以走嗎？

「哦，是嗎？」

男子默默聽完，把手撐在石棺上托著腮說道。

少女的人生——十幾年的歲月，他似乎用這句話就帶過去了。

「和得花上這麼多時間敘述的壯闊人生比起來，我的人生真是不足為道。」

「…………？」

「我觸犯了禁忌。肉身被奪走，只剩下靈魂，淪落至這副模樣。但這雙手握有力量的證明。」

「那個……」少女絞盡腦汁。「……寶石……嗎……？」

「正是。」

男子眼中閃過銳利的光芒。少女嚥下一口唾液。

——這果然是最後的考驗。

「那就是我力量的證明。連諸神都無法奪去。那些傢伙嫉妒我的力量——」

眼前的男人笑著親切地與她交談，對少女來說卻毫無意義。

魔法、神明、靈魂、肉體，跟她講這些她也不可能聽得懂。

比起理解這段話，她僅僅是在努力思考該如何是好、該做些什麼。

非得拿到寶石。都走到這裡了。要想辦法。一定要。

——這個故事有意義嗎？

有的話就該聽。不過……她覺得沒意義。

「……好了。雖然我簡單結束了這個話題，看來我的舌頭並未因為剛睡醒就轉不過來。」

或者——少女是否發現了，那正是正確答案？

「辛苦了。去死吧。」

「……!?」

正因如此，眼前的男子揮下手中的鞭子時，她才反應得過來。

她立刻向後跳——沒那麼優秀。她倒向旁邊，在地上滾動。

「JJJJJ……！」

這個瞬間，從背後跳出來的大蛇搖著尾巴，朝男子露出利牙。

連少女都沒發現的那個威脅，火炎魔神當然也沒料到。

「唔喔……!?該死的長蟲……！！」

以少女為目標的帶有殺意的視線，狠狠刺在這隻沒有智慧的低俗爬蟲類身上。

對於企圖搶走獵物之人燃起怒火的大蛇，因為更加強烈的怒意而燃燒起來。

大蛇被男子揮下的鋼之鞭擊中，在空中瞬間被火焰籠罩。

可以確定是男子咕噥著的咒文導致的。

「JJJJJJJJ……!?」

所謂的燒成焦炭就是如此。

在縮起身子的少女眼中，長蛇彷彿在空中化為黑影，消失不見。

將大蛇徹底消去，半點味道半點煙霧都沒留下的男子，低頭看著縮起身子的少女笑道：

「小丫頭，妳說目標是我的寶石對吧。是不是覺得我是被區區小鬼偷走法杖的蠢貨？嗯？」

少女啞口無言。喉嚨發出「啊」、「嗚」之類的無助聲音。

男子似乎很滿意她的反應，大剌剌地走向少女。

「率領軍隊過來也打不倒我！像妳這種小丫頭又能奈我何！」

的確。

她不認為自己贏得了。根本不知道該怎麼辦。

因此，火炎魔神得意一笑時，她完全無法回嘴。

「真是無趣的人生。但我要拿妳慚愧的哀號享受一番！」

……

可是——少女突然一陣心寒。

她害怕，她畏懼。好想快點到外面去。或許參加這場競技是錯誤的決定。

即使如此。

——有點生氣。

她知道自己窩囊得無藥可救。她知道。這點小事。

不用人說也知道。

所以她很努力。試圖努力。都努力過了，結果還是這樣。她知道。

然而——她無法接受被人指著嘲笑。

妳沒什麼了不起。只要犯下一個失誤，眾人就會幸災樂禍地嘲笑妳。

所有人都說妳最好一輩子在地上爬，連參加競技的資格都沒有。

就算眼前這位競技監督官是在演戲，她的忍耐也是有限度的。

被蛇嚇得手忙腳亂的人，還有臉高高在上地講這些話？明明跟我一樣。

不對，他剛才說手杖被偷了。被哥布林……被哥布林！

——那種東西，連我都殺得掉。

她感覺到落進腹部的寒意沸騰起來。

敵人當然不好對付，可是她贏了。沒道理被人瞧不起。

「…………」

少女不發一語，以緩慢的動作放下背包，打開蓋子，把手伸進去。

「嗯？怎麼，想求饒？哈哈哈，是要給我毛皮長靴嗎？」

火炎魔神的表情，乃確信勝利之人。

是能藉由蹂躪無謂的抵抗、可愛的掙扎得到喜悅的人。

記憶中的那些討厭的表情和他重疊在一起，少女默默揮動手臂。

「啊……!?」

紅色粉末於空中散開，男子慘叫著遮住臉，身體後仰。

他都被蛇嚇到了，靈魂什麼的肯定是演技，這東西也能嚇到他吧。

少女趁這段期間按著陣陣發麻的手指，衝進掉在斷崖的岩石後面。

「嘖，對妳手下留情一些，就給我得寸進尺……！未免太不自量力！」

天空——雖然這裡看不見天空——開始發光，不曉得是不是男人的怒火所致。

少女忍不住發起抖來，但她依然努力從岩石後面窺探敵人。

男子似乎跟丟了她，按著臉甩動鞭子。

——怎麼辦。

少女拚命思考。該砍過去嗎？用劍打得倒他嗎？她實在不覺得。

她先拿出不明的藥瓶，不敢喝所以試著扔出去。

「該死，耍這種雕蟲小技……！」

不行。藥瓶發出喀啷一聲碎裂，沒有任何變化。這樣的話……

——……果然，是這個……吧。

只剩下這個了。不行的話就投降，請人家帶她到外面吧。

少女緊咬下脣，閉著眼睛從遮蔽物後面跑出來。

「呣！小丫頭，妳在那裡嗎！準備迎接死——」

火炎魔神瞪大眼睛。因為他看見少女雙手緊握著的卷軸。

這丫頭知道那是什麼嗎？她想威脅他嗎？不。怎麼可能。

生前累積的龐大法術知識，無意義地於他的腦內展開。

師父再三囑咐過，他卻揚言以自己的才能有辦法駕馭，一笑置之的法術。

據聞，四方世界的禁忌、禁術雖多，能夠扭曲次元的只有三種。

憑藉意志的力量，打開通往時空彼方的窮極之門的「轉移(Gate)」。

從魔界之核（Demon Core）引出力量的「核擊（Fusion Blast）」。

以及最後一個——

「嘿！」

無知的少女發出可笑的尖銳吆喝聲，解開卷軸的封印。

「住手，那是……霧荒星的——!?」

他的話語已經成不了聲。

少女對於發生了什麼事毫無頭緒。

只感覺得到閉上眼睛依然會貫穿眼皮的閃光，以及震耳欲聾的巨響、震動。

她忍不住蹲下來，摀住兩耳，碎石從她頭上紛紛落下。

彷彿太陽墜落於地面。

彷彿巨人用力往懸崖揍了一拳。

閃光及巨響，以及隨後呼嘯而過的風，照理說都只發生在短短一瞬間。

少女卻得趴在地上承受這波衝擊，感覺起來十分漫長。

等到事態終於平息，她才意識到自己把卷軸扔出去了。

她輕輕睜開眼睛，眼前——空無一物。

空無一物。

沒有巨大的石棺，也沒有火炎魔神。

只有一大片窪地，宛如有個龐然大物從天而降。

「……這樣就……行了……嗎……？」

少女在一無所知的情況下，重新背好背包，窺探窪地。

然後在窪地另一端——崩塌的牆壁中看見耀眼的光芒，連忙衝上前。

她差點摔跤，砂石磨得手掌發疼，但她仍然跑得飛快。

少女臉上卻帶著笑容，她馬上就看出那是什麼東西的光芒。

因為，那是她從未見過，美麗的——黑色縞瑪瑙（Onyx）。

§

「宿命」與「偶然」的骰子，使這個瞬間突然到來。

「唔……！」

「GOROOGB……!?」

那是哥布林殺手再熟悉不過，小鬼則從未經歷過的，無法預測的震動。

像要將紙上的兩點硬貼在一起似的，扭曲空間，連接位於此地與彼地兩點的衝擊。

然而來自虛空的那東西，即使是哥布林殺手應該也是第一次看見。

岩窟中出現裂痕，伴隨巨響墜落的，是一塊燃燒著的重金屬。

火球——天之火石——不，沒想到會有流星墜落……！

決定性的行動差距，就在此刻發生。

哥布林殺手看見了那道光。思考那是什麼，制定對策。

不，有可能只是不小心看呆了。他自己也不清楚。

但哥布林不一樣。

會燒起來的東西很可怕，僅此而已。

而他知道自己擁有會燒起來的可怕東西。

所以不可怕。不如說自己也辦得到——他沒來由得這麼想。

哥布林殺手停止動作的那瞬間，炎之小鬼喜孜孜地舉起手杖。

瞄準目標——沒那麼聰明，跟小孩子揮舞玩具一樣。

儘管如此，隔著流星對峙的雙方，命運似乎產生了決定性的分歧。

魔力集中在哥布林的手杖上，哥布林殺手嘖了一聲，向後跳躍。

諸神在這個瞬間擲出的「宿命」與「偶然」的骰子，決定了一切——

「GOROGB……!?」

——不。

剎那間，法杖從炎之小鬼手中滑落。

愚蠢的哥布林很可能犯這種錯，但未免太巧了。

把法杖弄掉的小鬼難以置信地瞪大眼睛，小鬼殺手毫不在意。

向後跳躍，向前翻滾，調整姿勢，擺好架勢，動作一氣呵成。

他手上沒有石頭，炎之小鬼手上也沒有法杖。

他們互相瞪視，眼中只有對方的存在，火石發出的爆炸聲及閃光都已經遠去。

「GOROGG……」

「——」

兩位敵人默默對峙。

誰速度較快？勝負由這一點決定。單憑這一點。除此之外再無其他。

炎之小鬼的視線在地上的法杖及斷崖對面的敵人身上來回移動。

可恨的冒險者拿著可笑的小盾，遮住手，單膝跪地。

但那種鐵盔鎧甲盾牌，在魔法光芒面前應該通通沒有意義。

更重要的是，那個敵人不曉得用繩子對石頭動了什麼手腳。他不會給他那個時間。

那傢伙必須撿起石頭，綁在繩子上面，瞄準目標，投擲。太慢了。

撲過去揮杖。光這麼一個動作敵人就會死。肯定會死。這樣就贏了。

哥布林醜陋的臉上浮現卑劣的笑容。

在他心中勝負已定，滿腦子只想著自己稱霸地面的模樣。

拿一堆女人當孕母，用腳踹她們，折磨嚎啕大哭的那些人，吃掉她們。

其他小鬼自不用說，要讓凡人和所有生物都臣服於自己，獻出一切。

小鬼確信，這是至今以來都在遭到虐待的自己應得的權利。

而在這樣的環境下還又強又聰明的自己，自然該贏得這個資格。

敵人用盾牌擋住手，鬼鬼祟祟，但他知道那裡什麼都沒有。

炎之小鬼沒有猶豫。快速飛奔而出，撲向自己的法杖。

抓住，握緊，舉起，朝向敵人。

以驚人的敏捷度做完這一連串動作的他，看見的是依然低膝跪地的冒險者。

冒險者隔著鐵盔的面罩注視哥布林，右手伸得直直的，彷彿要射穿他。

「——GOROGBB？」

小鬼的頭隨著輕輕的「叩」一聲搖晃，眼前是飄在空中的鮮豔緞帶。

他莫名其妙全身無力，四肢用力抽搐，天旋地轉。

法杖從手中滑落，滾向斷崖絕壁。

炎之小鬼——不，如今只是隻普通小鬼的他，拚命將手伸向自己的寶貝（註3）。

註3　梗出自魔戒中咕嚕的臺詞。

沒看見它被火石的熱度吞沒，逐漸融化的畫面，對那隻小鬼來說應該是幸運。

或者說，跟能與之一同滅亡的那位圃人比起來，他死得還真不幸。

「——十五。」

總而言之，哥布林就在不知道刺進眉間的東西是尖筆的情況下一命嗚呼。

綁上尾部的飛箭能射多遠，大概只有凡人想像得到。

而哥布林殺手明白，有一根尖筆即可殺掉小鬼，不發出半點聲音。

無聲殺掉小鬼的方法，還有好幾種。

「……唔。」

他站起來，吐了口氣。

這場騷動不是因任何人而起。是哥布林幹的好事，也是自己的失態。

可是，這個爛攤子也算收拾掉了吧。不，還沒找到失蹤的冒險者。

既然如此，戰鬥尚未結束，只得繼續前進。

他瞥了周圍一眼，看見一灘融化的蛋白質，以及沉在其中的牙齒殘骸。

——就算這樣，他還真是受到許多人的幫助（註4）。

「好了……」

註4　妖術師用「無手」的法術讓小鬼的法杖飛掉。

哥布林殺手不屑地哼了聲。

「該從哪裡下去……？」

§

「——這樣欠他的人情就算還清了。」

「是我還的。」

妖術師在迷宮一角深深嘆息，搓揉眉間。

離尾聲將近的迷宮探索競技的熱鬧聲音離這裡很遠，卻在腦中嗡嗡作響。

四肢的指頭彷彿被什麼東西抓住般陣陣發麻，眼睛又乾又痛。

沾滿汗水的衣服黏在皮膚上，令人不快，胃部發涼，有股反胃感。

畢竟她得在腦中創造兩個眼睛，控制兩具身體。並非譬喻。

「……超不舒服。像一次喝了三杯麥酒。」

妖術師如字面上的意思，像要嘔吐般呻吟道。

「感覺像晃進一家旅館住了一晚，醒來時發現自己被繩子綁在處刑臺上。」

「好討厭的例子，因為我可以想像。」

站在旁邊的女森人散發出白粉的氣味，板起臉來。

「那個由技術差的人來弄會很慘喔。」

「是嗎？」

妖術師無力地回答。

能讓總是鎮定自如的這女人皺眉固然痛快，她可沒力氣高興。

「有沒有意思試試看技術好的人？」

「吃螞蟻肉丸都還比較好。」

妖術師揮手驅散白粉的味道，閉上眼睛，靠到牆壁上。

好吧，沒什麼大不了。沒什麼……只不過是一招「徒手（Awkward）」。

等價交換雖然並非世界的原則，可恨的是，她好歹受了這傢伙不少關照？

對方拜託她「我想還他人情，可以幫個忙嗎」，她總不好意思拒絕嘛？

不如說她只是因為第一次看到這個人低頭拜託別人，才會不小心答應。

沒有他意。理所當然。

「……可是，好累……」

真想立刻休息，可惜沒辦法。等等還得收拾、善後、換衣服，才終於能踏上歸途。

為何只是要休息，卻得做這麼多事？太不合理了。

誰叫我們這個團隊（Party）僧侶和斥候都不像樣，頭目（Leader）也包含在內。

結果要動腦的工作和那方面的麻煩事，都由她一個人擔下，真的是。

唉。真的是。那些人該更尊敬我一點。給我增加買魔法書的預算。我說真的。

說起來，到底是哪個白痴在這種遺跡裡面用「流星(Meteo Strike)」的？

在她碎碎念抱怨之時，女森人愉悅地笑著。

總有一天，真的要在寢室或臥室扒掉她那層皮。她之所以會產生這種想法，是出於疲勞。

——隨便啦。快點回家吃飯睡覺吧。

妖術師把所有事情都拋到腦後，打了個小哈欠。

§

下到懸崖下面，比想像中更輕鬆。

只要扒下哥布林的衣服，牢牢綁在一起，再互相纏繞，便能做出一條繩子。

他將繩子綁緊在堅固的石筍上，沿著懸崖下到地面，揚起一片沙塵。

哥布林殺手謹慎地——眼藥水的效果也快沒了——觀察周圍。

那裡有塊碗狀的窪地，腳邊不知為何有玻璃碎片。

幸好鞋底的材質他有特別挑過，不用擔心刺到腳。

不過，這裡原來有這樣一個地方？哥布林殺手燃起好奇心——

「嗯。」

不出所料，少女就在那裡。

她不知所措地站在懸崖底下，似乎在煩惱該怎麼逃出去。

最後，她下定決心抓住懸崖，伸長四肢尋找可以抓的地方——

「出口在這裡。」

「哇……!?」

少女滑落懸崖，一屁股跌坐在地。

哥布林殺手是因為覺得這樣太危險，才開口叫她，不過就算他不出聲，應該也會是類似的結果。

縮在地上，一時之間動都沒動一下的少女，過沒多久搖搖晃晃站了起來。

看來她是痛得動不了。少女用袖子擦拭臉龐。

然後小跑步跑向默默等待她的哥布林殺手。

「那、那個……」

首先，她好像沒事。沒受傷，衣服也沒亂掉。

臉和裝備都髒兮兮的，疲憊不堪，頭髮到處亂翹，十分狼狽，不過——

「找、到了。這個……！」

——她的臉上及手中，亮著燈(Spark)的光輝。

她珍惜地握著小小的石頭，彷彿把它當成在跟龍的戰鬥中取得的財寶。

在哥布林殺手眼中，那東西怎麼看都是黑色的石頭，卻在閃閃發光。

少女緊張地凝視哥布林殺手。

自己通過競技的考驗了，是對於自己完成冒險一事深信不疑的率直眼神。

哥布林殺手沉吟著陷入沉默，然後說出一句他該說的話。

「幹得好。」

「……是！」

面無表情的臉綻放笑容，少女輕聲說道「太好了」。

「走吧。」

哥布林殺手看著她的臉，平靜地說。

抓著垂在懸崖邊的繩子往上爬的時候也一樣。

少女的動作看起來非常驚險，但她依然用強而有力的動作爬到了懸崖上。

他自己則是憑藉在漫長歲月中鍛鍊出的技術爬上懸崖，咕噥道「做得不錯」。

少女害臊地說「我很會爬樹」，他點頭回答「是嗎」。

哥布林殺手盡量選擇少女方便行走的路線，於洞窟中前進。

過沒多久，眼藥的效果沒了——他想到少女在黑暗中無法視物。

他在雜物袋中摸索，再次感受到包含火把在內的行李大部分都掉了，低聲沉吟。

他檢查櫃檯小姐的東西，勉強翻到一小瓶香油。

他想了一下，詢問少女。

「提燈還在嗎？」

「……是、是的。」少女小聲回答。「可是，油……沒了。」

「借我。」

少女聽話地慢慢放下背包，卸除掛在旁邊的提燈遞給他。

哥布林殺手慎重將香油倒入提燈，以熟練的動作點火。

少女好奇地在旁邊觀察，朦朧的橘光照亮她的臉。

淡淡的甜香令她露出陶醉的笑容，喃喃說道「好香」。

「不適合用在冒險上。」

哥布林殺手緩緩起身。少女急忙站起來，重新背好背包。

「可是，心情會平靜下來。」

他在鐵盔底下微微揚起嘴角，背對少女，掛起提燈。

「謝——」她害羞地小聲說道。「……謝謝。」

於是，兩人謹慎地踏上通往出口那段既長又短的歸途。

影子被照得長長的，大多都是少女在說話。

「那位試驗監督官，有點壞。」

「是嗎？」

「……他對我說了很過分的話。」

「是嗎？」

「是的。」

少女應該很累才對，語氣卻感覺不出疲憊，滔滔不絕地說。

陷阱很多。

跟哥布林交戰了。

帽子被抓住。

勉強殺掉了他。

話題沒有一致性，有時聊到住在村裡的父親，有時聊到在武器店遇見的冒險者。

哥布林殺手該說的話多如一座山。

她僅僅是走錯路，不小心闖進哥布林的巢穴，到處徘徊。

在那個過程中發生了什麼事，他只知道她所說的那些。

然而，事實就這麼簡單。

她並沒有拿出任何參加迷宮探險競技的成果，要將這個事實告訴她很簡單。

告知真相，讓這名少女的成功付諸流水，只需要一瞬間。

——吃屎去吧。

他很清楚，跟少女的冒險比起來，自己知道的真相沒有半點價值。

他覺得自己不是會從中找到價值的人，因為他身邊的人就是這樣。

他做的只有剿滅哥布林。

之所以能脫離困境——無論何時都是多虧她們冒險者的力量。

間章『從拯救世界開始的故事』

在那座岩窟中，巨大肉塊密密麻麻地擠在一起。

——啊啊，還活著。

能實際感覺到自己正逐漸喪失理智，真的很有趣。

不知道該說幸運還是不幸，王妹以前也有過這種經驗，但沒有暫時沉浸在狂氣中就是了。

「那是什麼!?」

「哎呀，哈哈，這次的獵物很不得了喔。雖然不及百手巨人（Hekatoncheir）。」

她緊貼著高聳懸崖的岩壁，放聲尖叫，劍聖愉快地對她大笑。

身穿藍色皮甲，威風凜凜。長髮隨瘴氣飄曳，臉上的笑容宛如齜牙咧嘴的野獸。

背上的銅劍——看似銅劍的鋼製彎刀一出鞘，便發出冷冽的寒光。

然而，跟蠢蠢欲動的巨大肉塊比起來，那把刀跟針一樣細，八成無法造成任何傷害。

「沒問題嗎……!?」

「他就跟有生命一樣，只要砍到他死為止就會死了。」

沒什麼大不了。聽起來沒什麼大不了，王妹的抗議卻遭到無視。

「那是太歲星君（Jupiter Ghost）。」

旁邊，賢者同樣貼在懸崖峭壁上，像在自言自語般嘀咕道。

不過，王妹看得出粉色外套底下，那張精緻如人偶的面容神情僵硬，臉色發白。

不是因為血管及神經迅速膨脹，夾在岩壁間的這團肉塊。

而是從更早以前，具體上來說是從貼在懸崖邊的時候開始。王妹也發現了。

「摔下去不會有事吧……!?」

「……要維持四個『分身（Other Self）』使用『下降（Falling Control）』很耗體力，我想盡量避免這種情況發生。」

雖然她低聲補了句「開玩笑的」，王妹實在笑不出來。

——某種意義上來說，這是我的第一場冒險對不對……!?

先是被抓去死之迷宮，再來是參加迷宮探險競技時，在充滿致命陷阱的地下迷宮遇到這種事。

王妹好想哭。和她成為朋友的那位地母神女神官，也是這麼辛苦嗎？

「真言的魔法中，有『分身』這個法術。」

賢者將她晾在一旁，斷斷續續地說。

王妹也知道。現在留在地上的，是賢者製造出的分身們。

而且她聽說過，小鬼——某種意義上來說也是由魔法製造出的複製品。

「有人以為只要讓自己製造出的分身使用『分身』，就能更快地增加自己的數量。」

「然後就搞砸了？」

賢者語氣平靜，綠衣勇者則顯得有點興奮。

她明明也站在懸崖邊，卻像在附近的圍牆上散步的小孩子一樣，站得穩穩的。

「愚蠢至極。」

賢者僅憑一句話，不屑地對腳下的肉塊——若她所言為真，那是位魔法師——下達評價。

分身和本體有同樣的想法。分身也使用了「分身」，而分身的分身也一樣。

然後無限增殖。壓垮本體，自我消失，儘管如此，仍舊繼續使用「分身」。

用「分身」就會有優勢，就會變強，所以要用「分身」。持續使用。直到永遠。

「結果就是這個。」

於是，愚蠢的魔法師觸犯了天刑星的禁忌（Errata）。

代價龐大到個人無法支付，術師的魂魄，以四方世界來說根本微不足道。

他留下的威脅卻絕對不容等閒視之。

「那東西遲早——肯定會吞沒四方世界，把它吃光。」

法術不知不覺波及到小鬼，肉塊一下被當成小鬼的糧食，一下將小鬼當成糧食，持續膨脹。

追求利益、追求知識乃人類的本性。蜥蜴人（Lizardman）口中的曾經是猴子或野獸的生物能進化至此的原動力。

成為野獸前，是生活在海中的魚，更早之前——是原生質體的黏菌類生物。

不過，倘若那個黏菌獲得了和龍或其他生物同等的無法控制的力量。

「……」

賢者默默俯視淪為駭人肉塊的魔法師。

這隻怪物總有一天會淹沒四方世界，在將三千世界啃食殆盡前，絕對不會停下。

經過漫長的歲月，抵達遭到封印的自己的墳墓，是拜其執念所賜嗎？

賢者、勇者、王妹，完全無法理解已經失去靈魂的肉塊在想什麼。

「在那之前殺掉就行了吧？」

「是沒錯。」

然而，劍聖連理解的意思都沒有。勇者噘起嘴巴回答這句話。

——啊啊，地母神大人。

面對一切都超出想像的景象及狀況，王妹誠心呼喚神的名字。

這三個人無時無刻都在經歷這樣的冒險，這樣的戰鬥。

既然自己也在場，總不能只會慌張地尖叫。

——那樣未免太糗了吧。

朋友在上面。結果，她又瞞著她偷偷冒險了。

可是，皇兄不也說過嗎？這種時候就要笑著站穩腳步。

「魔法這種東西真困難……！」

王妹握著錫杖，努力露出笑容，賢者也微笑著回答「那當然」。

「因為法術（Spell）是魔法（Magical），也就是神蹟（Miracle）。」

因此，真正的大賢人不會隨便使用魔法。

因此，王妹之所以在場，也是神明的安排。

「聽說太歲星君會招來災厄……」

王妹拚命在腦中朗誦各種聖句，讓靈魂接近天上，接著說道。

要連接天地，所以得小心別一口氣揮下才行……

劍聖斜眼看著她，開口說道：

「意思是，都是因為地底有那東西，西方邊境才會？」

「雞與蛋。」賢者也拿起杖，將注意力放在法術上。「不知道是孰先孰後。」

「可以的話，希望那就是原因——」

雖然我覺得應該不是。劍聖輕鬆地說，緩緩拿起彎刀。

「我先說，我這次真的只是來體驗探險競技的喔……」

「事到如今，勇者大人也請做好覺悟吧。」

僅僅是被牽連進來的我都已經做好覺悟了。聽見王妹這句話，勇者聳聳肩膀。

「妳都這麼說了，我們可不能輸。」

少女——勇者的黑髮隨風飄揚，笑著表示一直以來都是如此。

鬥志十足——儘管以這個團隊（Party）來說，王妹的實力顯得太過渺小。

——我能做到的事情，只有這麼一點點。

正因如此，要竭盡全力。

把事情全丟給勇者大人他們，過著安穩的生活，無論是過去或現在都是她最討厭的。

「『慈悲為懷的地母神呀，請以您的御手，潔淨我等的汙穢』……！」

溫柔的雙手輕輕包覆靈魂，彷彿被母親抱起的感覺傳遍全身。

沒問題。一定沒問題。絕對沒問題。王妹瞪著眼前的肉塊。

一切只看強度和效率，這種事——

絕對不會有。所以自己才會在這裡，他們——勇者一行人才會在這裡。

「啊啊，可惡。真想來場與世界的命運無關的冒險……！」

「為此。」

劍聖回答，賢者接著說。

「得先拯救世界。」

「說得也是……！」

我早就知道了！少女——勇者吆喝道，高高朝空中伸出手。

以靈魂與羈絆（Pass）連結的絕對武器，只要在同一個次元世界，無時無刻都能瞬間出現。

耀眼的太陽。寄宿其光芒的綠色聖劍。絕對的武器。

勇者用力握住它，躍身於虛空中。

「黎明的——一擊！！」

第6章 『還是想成為冒險者！』

「喔，怎麼？小妹妹，妳也有參加啊？結果如何？」
「失敗了！」
「哦，失敗啦。」
「嗯，不過有體驗到冒險的感覺，很開心，所以沒關係。」
在萬里無雲的藍天下，背著鐵槍的少女展露陽光的笑容。
她的表情如同吹拂綠衣的風，神清氣爽，一塵不染。
看見她的表情，長槍手點頭說道「是嗎」。
──看來迷宮探險競技進行得挺順利的。
明明快入冬了，邊境小鎮仍然殘留著強烈的祭典氛圍。
路人的表情帶有一絲興奮，不時還聽得見競技的感想。
哪裡來的少年、少女參加了，成功了，失敗了。
前途有望的年輕人是來自外地，所以店家紛紛招待他們住宿、用餐，想讓他們

Goblin Slayer
He does not let anyone roll the dice.

變成熟客。

長槍手認為，冬天到明年春天加入的新人挺值得期待的。

他不後悔沒有參加，不過既然他會感到惋惜，肯定是場成功的活動。

——本以為在那麼盛大的活動中出錯，她會很難過……

眼前這位少女卻沒受到任何影響，這也讓他心情不錯。

她一定會成為一名優秀的冒險者。至少她擁有其中一個才能。

冒險失敗的冒險者，通常都會失落、沮喪。

也有很多受到挫折就直接放棄的人。不能怪他們，因為那是個人的選擇。

然而，即使如此依然不會介意，能夠繼續迎接下一次挑戰的心態，乃難能可貴之物。

他和這名新手少女基於微小的緣分認識，偶爾會碰巧遇見，持續著這樣的交流。

她這麼努力，長槍手自然也會高興。

「那你呢？」

因此，面對她天真無邪的疑問，他刻意做出誇張的表情。

「戳到我的痛處了。聽說有座遺跡有不老不死的靈肉。」

長槍手搔著頭，面露不至於太做作的苦笑。他沒有騙人。只是態度比較誇大而已。

「結果遺跡最深處什麼都沒有。」

「意思是你也失敗囉。」

「就是那樣。」

他點頭伸出手，揉亂少女的黑髮。

看她發出可愛的尖叫聲，應該也滿享受跟他嬉戲的。

能隨便亂摸女孩子的頭髮，代表兩人有相應的交情。

「哎，冒險者就是這樣。別難過啊？」

「不會啦——！」

長槍手幫噘起嘴巴的她整理頭髮，一面瞄向旁邊。

站在對面的藍鎧劍士和身穿粉色外套的魔法師，大概是這孩子的同伴。

挺有模有樣的——不過為什麼呢？總覺得實力和裝備不符。

當然是裝備配不上實力，不過——

算了，無所謂。

只是因為跟認識的神官長得很像的少女在旁邊聊天，他的注意力才會飄過去吧。

女神官小跑步跑向那名少女，和她們聊得有說有笑。

兩人看起來有如姊妹，長槍手的感想卻完全與這無關。

即使是相同的修女服，由不同的女性穿起來，給人的感覺也會有所差異。

女性穿什麼做什麼都一樣美。長槍手覺得很好。

在他旁邊，他的同伴魔女帶著意味深長的笑容。這也是平常的事。

冒險者公會的大門敞開，少女緊張地走進來也一樣。

在位於西方邊境的這座小鎮——恐怕只是平凡日常的一幕。

§

當他習慣到鎮上跑腿的時候。

第一次會誇獎他的雙親及身邊驚訝的孩子們，開始不再有反應的時候。

更何況今天他是跟著父親一起來的，父親說有要事要談，叫他在外面等，就把他一個人拋下了。

「喂，妳！」

儘管如此，少年還是相信自己很了不起，因此他非常不滿。

所以他悶悶不樂地看著街道時，起初完全沒發現她。

看見在人流中走動的少女，少年眨眨眼，看著她經過，終於叫住了她。

「——？」

住在村外的傭兵之女，納悶地回過頭。

黑色長髮和像在恍神的表情，都沒有變化。

仍舊背著過大的背包，腰間掛著一把看起來很重的長劍，身體因而重心不穩。

所以他覺得，自己沒有馬上認出她，是因為她穿著廉價的皮甲。

「妳……」

少年毫無顧忌地仔細觀察遠比自己瘦弱的少女。

「妳真的當上冒險者啦。」

「嗯。」

少女點點頭，將識別牌從領口拉出來。

隱約露出的雪白肌膚及鎖骨，不知為何令少年心跳加速，但他予以無視，看著那個識別牌。

掛在她纖細喉嚨上面的鍊條，繫著一小塊白瓷板，以及用繩子綁住的黑色小石頭。

「……妳是不是被騙了？」

「是嗎？」

「還有，那顆黑色的石頭是什麼？」

「競技的，獎品。」

少女沒有將他冷淡的語氣放在心上，高興地撫摸和識別牌掛在一起的黑色石頭。

她慎重地將它們放回衣服底下，彷彿在對待珍寶。

「我把它當成護身符。」

「真廉價。」

哼。少年嗤之以鼻，少女卻毫不介意，輕聲說道「是嗎」。

不知為何，這個反應令少年十分焦慮，得意洋洋地挺起胸。

「反正妳只是把武器亂揮一通吧？對哥布林之類的。」

「嗯……大概，吧？」

「哥布林這種等級，我也殺得掉。」

沒錯，跟這傢伙炫耀吧。少年意氣風發地說。

之前他趕走了跑進村莊的小鬼。揮動木棒，朝他扔石頭。

當然只有一隻瘦弱的哥布林，他也只是跟在大人們後面。

不過他趕走哥布林的事實不會改變。少年很自豪。

「這樣呀。」

「對！」

少女卻興致缺缺，只是嘀咕著回了一句。

為了設法讓她露出不同的表情，少年咧嘴一笑，驕傲地接著說：

「迷宮探險競技是給外行人玩的遊戲，沒什麼大不了吧？」

「是嗎？」

「妳聽我的話買了頭盔啊？」

「……」

少女沉默了一瞬間，慢吞吞地撥開瀏海，露出底下的東西。

戴在她頭上的，是附帶皮革護額的頭帶。

她小聲地說，這樣就不會被扯下來了。

——怎麼那麼蠢。

頭盔竟然會被扯下來，好笨。少年不屑地哼了聲。

如果自己當上冒險者，會買頭盔，也絕對不會幹那種蠢事。

少年如此確信，笑著鄙視似乎犯了愚蠢錯誤的少女。

但他有股滿足感。這女孩聽從自己的建議，買了頭盔。

這樣的話，沒錯。代表單憑自己的力量，這傢伙無法獲得迷宮探險競技的獎品。

「都是多虧我給了妳一堆建議！」

「——我覺得不是。」

少女斬釘截鐵地說。

少年倒抽一口氣。她從來沒否定過自己說的話。

她的聲音非常小，與平常的她無異，語氣卻相當尖銳。

那時，少年頭一次注視從小就認識的少女的眼睛。

目不轉睛地看著他的雙眼清澈得嚇人，目光筆直，宛如一汪深泉。

跟看路邊小石頭的眼神很像，只把他當成僅僅存在於此的東西。

「講完了嗎？」

少女緩緩歪頭。頭髮飄出一股甜美的香氣。

「那我要走了。」

她留下無言以對的少年，轉身看著前方，邁步而出。

有很多事要做，也有很多事要思考，要先從何處著手？

首先是下水道。首先是下水道。少女自言自語著，走向通往鎮外的入口。

是櫃檯的大姊姊說的。聽說可能會遇到危險，所以她有點害怕。

之後還打算去訓練場這個地方看看，不過她想先賺點錢。

她問過冒險者公會的人，果然是下水道最適合的樣子。

要鼓起勇氣跟人說話雖然很難，總比那個可怕的競技監督官好。

而且交談過後就會發現，大家都很親切。

熟悉下水道的大哥哥們，告訴她「武器用棍棒不錯」。

可是她還沒有錢，也沒用過棍棒。先用劍試一次好了。

出發前她問過工房的店長，所以她知道棍棒的價格。

幸好店長願意收購在探險競技拿到的寶石。拜其所賜，她才有錢購買鎧甲、頭巾和藥。

她說她想買提燈（Lantern）的油，店長就送了香油給她。好高興。

那位冒險者先生也說過，保持冷靜很重要。她很容易亂了手腳。

希望不要遇到蛇。蛇好可怕。下水道一定不會有蛇吧。

獨自與小鬼戰鬥相當累人。所以，除鼠一定也很累。

——得仔細思考才行。

「……加油。」

少女握緊拳頭。護身符在胸前閃耀光芒。

剛才叫住她的那名少年，幾乎快被她遺忘了。

背負從第一個字母（a）蔓延開來的巨大漩渦，擁有暴風雨（Tempest）之名的少女。

還只是個類似遊民（Roguelike）的人的她，帶著胸前的黑色縞瑪瑙（Black Onyx），一步步開始前進。

前方是廣闊無垠的四方世界。

§

哥布林殺手坐在長椅上，愣愣地看著櫃檯小姐與委託人交談。

不時會有認出那頂廉價鐵盔的冒險者跟他攀談，他以「是嗎」回應。

新手冒險者——參加過迷宮探險競技的人，看都不看坐在椅子上的他一眼。

是因為寒酸的裝備，還是因為沒心思注意他，不得而知。

自己的新人時期，根本無暇顧及其他人。

當然，看到那髒兮兮的模樣，不覺得他是銀等級冒險者反而很正常。

那名少女是例外。參加探險競技時不小心闖入深處的她，在經過時跟他點頭致意。

——她應該會成為冒險者。

不是有沒有去登記的問題。他也一樣有在公會登記。

那女孩肯定能成為冒險者。

不曉得會不會順利，他也沒資格判斷。

但她決定要成為冒險者，做著冒險者該做的事。

既然如此，她就已經是冒險者。

——而自己。

又是如何？

他心不在焉地思考。祭典前忙得不可開交，一旦結束就變成這樣。

到頭來，自己做的也只有剿滅哥布林。

蓋迷宮、設陷阱、籌備競技，自己做的事，豈不是微不足道嗎？

世上的一切端看要做還是不做。師父是這麼告訴自己的。

既然如此。

——自己——

「啊，哥布林殺手先生！可以過來了！」

請。櫃檯小姐笑著揮手，哥布林殺手中斷思緒，站起身。

脖子掛著聖印的職員，不知為何帶著貓一般的微笑。

——地上的事情，變成由她處理了嗎？

哥布林殺手低聲沉吟，微微向她低頭。

監督官露出驚訝的表情後，搖頭表示「不用放在心上」，回頭做自己的工作。

——之後得正式跟她道謝。

他將這件事牢記在腦海，以免忘記，站到櫃檯小姐對面。

櫃檯小姐現在穿著平常那套制服，像隻陀螺鼠似地在帳房走來走去。

迷宮探險競技應該是很累的工作，她卻完全沒有表現出疲態。

「哎呀，給您添了許多麻煩……」

「沒問題。」

櫃檯小姐反而在擔心他，哥布林殺手果斷地回答。

畢竟敵人是哥布林。

跟他平常做的事並無二異。並無二異。

「沒多辛苦。」

「我也有努力想要提供協助。」

然而，櫃檯小姐依舊一臉困擾。

她用手指捲著麻花辮的髮尾，看起來有點沮喪，笑著說：

「可惜沒幫上多少忙……」

「那顆香草口味的糖很難吃。」

「——？」

櫃檯小姐面露疑惑，大概是無法理解這句話的意思。

哥布林殺手不予理會，接著說道。嘴巴一閉上，他肯定會陷入沉默。

他的青梅竹馬也經常念他一不知所措就會沉默。

「一吃下去，味道就從胃裡湧上來。我很困擾，動作也變得有點粗糙。」

「是、是嗎……」

「不過，其他東西很有用。」

哥布林殺手毫不猶豫地說。

「謝謝。」

「────」

櫃檯小姐沒有回答。

她的表情僵住了一瞬間，像想到什麼似地站起來。

「請稍等一下。」

接著走進帳房，過沒多久，小跑步跑回座位上。

「那個，失禮了。然後，呃……然後……」

櫃檯小姐以精明幹練的語氣說道，帶著一如往常的美麗笑容歪過頭。

「……然後呢？」

「可是，裡面的東西都沒了。」

「哎呀。」

櫃檯小姐聞言，眨了下眼，立刻加深笑意，害羞地垂下視線。

「這點小事，沒關係的──」

「想賠償妳，但我不懂這種事。」

哥布林殺手不顧害羞的她，極其慎重地挑選措辭。

這種時候必須多加留意。

「關於要賠償什麼——」

「請務必跟我一起挑！」

櫃檯小姐激動得屁股都從椅子上抬起來了。

周圍的冒險者、委託人、公會職員紛紛瞄向這邊。

她滿臉通紅，坐回椅子上，清了下嗓子，監督官微笑著注視她。

「……我想請問……方便跟我一起挑嗎？」

「我正有此意，這樣就行了嗎？」

「……是的。」

「是嗎？」

——之前的教訓派上用場了。

哥布林殺手點頭。看來沒問題。代表他有進步。

以前他因為同樣的事情鑄下大錯，沒有直接拿錢給人家真是萬幸。

他吐出一口氣。第一步沒走錯，那麼就來處理下一件事吧。

「不過，先是哥布林。」

「我想也是。」櫃檯小姐露出微笑。「是的，我知道。」

© Noboru Kannatuki

看起來心情特別好的她再度走進帳房，抱著一疊文件回來。

腳步輕盈，動作也迅速俐落。哥布林殺手向她道謝，拿起文件。

委託來自偏僻的開拓村——果然跟平常一樣。

出現一隻瘦弱的小鬼，雖然趕走了，還是有點擔心，希望公會派人前來調查或驅逐。

雖說之前辦過祭典，考慮到要過冬了，村民會擔心糧食被搶走很正常。

他不確定在那場地底的戰鬥中，是否將小鬼殺光了。

假如有幾隻逃了出去，千萬不能放過。

不對，就算沒有這件委託，還是得殺掉小鬼。他是專殺小鬼之人，這是他的任務。

特別的日子一結束，平凡的日子就會來臨。此乃世間常理。他沒有意見。

對他而言，無論是特別的日子還是平凡的日子，都要殺哥布林，僅此而已。

——得先把雜物袋裡的東西買齊。

看見破掉的袋子，青梅竹馬信心十足地表示「交給我！」願意幫他修補。

交給她肯定沒問題。他不會再讓袋子破掉。

要說令他擔心的，就是那把南洋式飛刀不知道能不能馬上買到。

以及不知道該不該把夥伴——思及此，他的思緒停止了一瞬間——找來。

該不該再找他們陪自己去剿滅哥布林——

「欸，那個又是剿滅哥布林的委託對吧——？」

上方忽然傳來銀鈴般的悅耳聲音。

上森人(High Elf)從冒險者公會二樓的走道探出身子，幾乎快要整個人頭下腳上掛在那邊。

妖精弓手(Elf)上下顛倒的臉上帶著愉悅的笑容，搖晃長耳。

「歐爾克博格真的只會接那個。」

「是嗎？」

是吧。沒有否認的餘地。

妖精弓手笑出聲來，大概是覺得鐵盔晃動的模樣很有趣。

「真是。雖然我不是那孩子，真拿你沒辦法。」

要是我沒主動找你怎麼辦。妖精弓手輕聲說道。

然後用彷彿不屬於這個世界的白皙美麗手指，指向他的鐵盔。

「處理完哥布林要去冒險喔！冒險！」

「好。」

哥布林殺手直到最後都在猶豫自己能不能說出這句話，但他還是簡短回答。

「去冒險吧。」

後記

大家好！我是蝸牛くも。
哥布林殺手第十三集，大家還喜歡嗎？
這次有出現哥布林，是哥布林殺手剿滅哥布林的故事。
我寫得很努力，如果各位看得開心就太好了。

結果不管我想怎麼做，世界都會擅自變化。
包含@小妹妹在內的新手冒險者，是決定踏進那樣的四方世界的孩子。
想做什麼的心情很重要，必須實際採取行動。
最近，我一邊聽或看 Vtuber 開臺一邊工作的次數增加了。
開開心心熱熱鬧鬧地玩遊戲或做其他事，真的非常棒。Power——！

二〇二〇年發生了許多事。

劇場版上映、《哥布林殺手》獲得德國的ＡｎｉｍａｎｉＡ獎。

哥殺的小說算一算也快二十本了，嚇我一跳。

真是來到了一個不得了的地方。

雖然我做的事依然沒變，只是在寫作時不管三七二十一塞一堆喜歡的要素進去而已。

這樣的話，比起我自己的力量，應該是多虧許多人的協助才能有這個成績吧。

仔細一想這是當然的，一個人又出不了小說也出不了漫畫也做不了動畫也做不了遊戲。

編輯部的各位、協助動畫製作的各位、外國的工作人員們、繪製插畫的老師們、繪製漫畫版的老師們。

陪我一起玩的朋友們、統整網站的管理員大人，當然還有各位讀者。

哥布林殺手這部作品能獲得好評，是多虧「大家」的力量。

真的很感謝大家一直以來的支持。

《第一年》會繼續寫下去，《鍔鳴的太刀》也終於要進入尾聲了。

ＴＲＰＧ方面的工作也很多，除此之外還有許多事要做，得加快腳步才行。

下一集北海會出現哥布林，所以預計是哥布林殺手剿滅哥布林的故事。

我會努力寫作，希望還能跟各位見面。

那麼，再會。

浮文字
GOBLIN SLAYER 哥布林殺手13
（原名：ゴブリンスレイヤー13）

著　者／蝸牛くも
封面插畫／神奈月昇
譯　者／Runoka
執行長／陳君平
美術總監／沙雲佩
國際版權／黃令歡、梁名儀
榮譽發行人／黃鎮隆
美術編輯／陳又荻
文字校對／施亞蒨
協　理／洪琇菁
執行編輯／曾鈺淳
內文排版／謝青秀
總編輯／呂尚燁
企劃宣傳／楊玉如、施語宸、洪國瑋

出　版／城邦文化事業股份有限公司　尖端出版
台北市中山區民生東路二段一四一號十樓
電話：（〇二）二五〇〇—七六〇〇
傳真：（〇二）二五〇〇—二六八三
E-mail: 7novels@mail2.spp.com.tw
發　行／英屬蓋曼群島商家庭傳媒股份有限公司城邦分公司　尖端出版
台北市中山區民生東路二段一四一號十樓
電話：（〇二）二五〇〇—七六〇〇（代表號）
傳真：（〇二）二五〇〇—一九七九
中彰投以北經銷／楨彥有限公司（含宜花東）
電話：（〇二）八九一九—三三六九
傳真：（〇二）八九一四—五五二四
雲嘉以南／智豐圖書有限公司
（嘉義公司）電話：（〇五）二三三—三八五二
傳真：（〇五）二三三—三八六三
（高雄公司）電話：（〇七）三七三—〇〇七九
傳真：（〇七）三七三—〇〇八七
香港經銷／一代匯集
香港九龍旺角塘尾道六十四號龍駒企業大廈十樓 B&D 室
電話：（八五二）二七八三—八一〇二
傳真：（八五二）二七八二—一五二九
新馬經銷／城邦（馬新）出版集團 Cite（M）Sdn. Bhd.
E-mail: cite@cite.com.my
法律顧問／王子文律師　元禾法律事務所
台北市羅斯福路三段三十七號十五樓
二〇二二年七月一版一刷

版權所有・翻印必究
■本書若有破損、缺頁請寄回當地出版社更換■

GOBLIN SLAYER 13
Copyright © 2020 Kumo Kagyu
Illustrations copyright © 2020 Noboru Kannatuki
Original Japanese edition published in 2020 by SB Creative Corp.
Chinese translation rights in complex characters arranged with SB Creative Corp., Tokyo
through Japan UNI Agency, Inc., Tokyo

■中文版■

郵購注意事項：
1.填妥劃撥單資料：帳號：50003021戶名：英屬蓋曼群島商家庭傳媒(股)公司城邦分公司。2.通信欄內註明訂購書名與冊數。3.劃撥金額低於500元，請加附掛號郵資50元。如劃撥日起 10～14日，仍未收到書時，請洽劃撥組。劃撥專線TEL：(03)312-4212 ・ FAX：(03)322-4621。E-mail：marketing@spp.com.tw

國家圖書館出版品預行編目資料

GOBLIN SLAYER 哥布林殺手 / 蝸牛くも作 ; Runoka 譯 . -- 1 版 . -- 臺北市 : 城邦文化事業股份有限公司尖端出版 : 英屬蓋曼群島商家庭傳媒股份有限公司城邦分公司發行 , 2022.07-
冊 ;　公分
譯自 : ゴブリンスレイヤー
ISBN 978-626-338-016-5 (第 13 冊 : 平裝)

861.57　　111007142

哥布林殺手

GOBLIN SLAYER!

He does not let anyone roll the dice.

哥布林殺手
GOBLIN SLAYER!
He does not let anyone roll the dice.